KB234750

당신을 버릴 때

김지하 · 신경림 · 박노해 외

당신을 버릴 때

차례

제 **1**부
서울길

제 2 부
당신을 버릴 때

1
서울길

서울길

김 지 하

간다
울지 마라 간다
흰 고개 검은 고개 목마른 고개 넘어
팍팍한 서울길
몸팔러 간다

언제야 돌아오리란
언제야 웃음으로 화안히
꽃피어 돌아오리란
댕기 풀 안스러운 약속도 없이
간다
울지 마라 간다
모질고 모진 세상에 살아도
분꽃이 잊힐까 밀 냄새가 잊힐까
사뭇사뭇 못 잊을 것을
꿈꾸다 눈물 젖어 돌아올 것을
밤이면 별빛 따라 돌아올 것을

간다
울지 마라 간다
하늘로 시름겨운 목마른 고개 넘어
팍팍한 서울길
몸팔러 간다.

미스 李

홍 신 선

손님 뭘 드실까요
기스 안 난 아다라시 커피, 아다라시 심심함, 아다라
시……절 드실까요.

집 나와 사람 사이 헤쳐다닌 길 부대낀 마음 네 귀 맞
춰 안 보이게 집어넣고 하꼬비로 바닥 쓸고 李 · 金 · 趙,
姓들 하루에 참참이 갈아입고 배달 나가

小都市 얕고 깊은 골목들로 누워 지나는 수염 못 민
장터 사람들의 발자국 찍히우며 터무니없는 快樂, 그리
던 未知에 몸 주고 누워

누워서 같잖은 심각함에 물 먹이고
같잖은 八字에 물 먹이고
물 먹이는 자신에 물 먹이고

하루에도 몇 번 이제 돈이나 벌자고, 벌다가 까먹다가
사는 일 그런 반복이라고 스스로를 동여 묶다가 주민등
록표의 어디쯤서 말소된 꿈, 붉은 두 줄 밑에 다 숨기고
그어져 버린 나는, 아득히 다시 살아보려고 더듬거리는
나는 마른 空氣의 떠돌이일까요. 집 버린 칠남매의 막내

10

일까요.

　한 달의 끝 접었던 마음 꺼내 날개로 먼지 털어 달 때 시간 앞에 떠밀리는 물결로 놓일 때 어디로 가나, 떠밀려 가 닿을 기스 안 난 아다라시……부귀영화에 未知에 끊임없이 떠오르는 나는, 혼신으로 떠오르는 나는 누구일까요.

순자 이야기 1

공 광 규

짱아짱아 예쁜짱아 부르며
냇둑 달려가다
어여어여 어여여
강아지꽃 따 쪽쪽 단물 빨던
지겹게 그리운년 순자야
흙먼지 날리며 읍내행 완행버스로
다시 서울로 대전으로 나간 지
어머니가 호미로 땅 찍다
아버지가 삽으로 흙 뜨다
소식 기다리며 바라본 하늘 가 십년
지금은 어느 하늘 가 도심에서
검은 손 털난 손에 밟히느냐
하얀 손 털난 손에 씹히느냐
콩잎 따 귀막고 물장구치다
내 앞에선 돌아서 물 말리던 부끄러움을
지금은 어느 도심 골목 홍등가 쪽방
잠자리같이 잘빠진 몸 내주며
강아지꽃처럼 활짝 번 자궁 내주느냐
짱아짱아 예쁜짱아
어여어여 어여여
어깨동무 내동무
소꼽친구 내친구 순자야.

순자이야기 2

공 광 규

달아 달아 밝은 달아

이렇게 노래 부르던 여름 밤이면
아무런 생각 없이 개구장이들 몇몇 모여
망초꽃 달맞이꽃 흐드러진
냇둑을 포복해 갔다

동네 고모 누나들이 그애 데리고
물보에서 멱 감는 것 보며
콩대 숲에서 키득이며 웃다 들켜
물수제비 뜨던 조약돌로
다시 뒤통수 얻어맞고 쫓겨오면서도
나는 봤다 나두 봤다고
부끄럼 없이 자랑하고 즐거워했다.

그애가 새끼 손톱에 봉숭아 꽃물 들일 줄 알던 때쯤
동네 길에서 마주치면
나에게 시집오겠다고 떼쓰던 때가 언제였냐는 듯
가만히 돌아서던
다른 아이들이 고등학교 원서 쓰던 날 밤
그렇게 울었다던 이쁜 그년
지금은 어느 술집 골방 홍등 아래

달빛 같은 유년의 맨살을
동생들의 공납금이 되기 위하여
농약하다 쓰러진 아버지의 약값이 되기 위하여

텃밭 돌덤불 기어오르던
호박꽃 같은 자궁을 벌려 놓느냐
썩은 자궁 속 흐르는
누런 구정물을 밤마다 밤마다 닦으며
고향의 달빛을 생각하느냐

달아 달아 병든 달아.

순자이야기 3

공 광 규

자운영꽃 논에서
검은 고무신으로 꿀벌 잡아 돌려
네 꽃고무신에 담아 줄 때
다리몽댕이 분지르겠다고
지팽이 들고 쫓아오던 호랭이 할아버지 피해
죽어라고 신작로로 도망치다
풀올무에 발이 채여 넘어지면
넘어진 김에 한번 안아보던
유년의 신작로로 나를 끌어들이는 순자야

저놈이 검은 구두로 밟아버린
저년이 하이힐 뒷축으로 찍어버린
저분이 군화로 차버린 그 길을
오늘은 고무신 끌고 나가 보았다

찔레 꺾고 셩 꺾어 씹을 땐
날 향해 맛있다 맛있다 찌푸리던
그 눈매 그 입술 그 이마 들고

지금은 어디
옐로우하우스, 중앙대학교, 동두천, 자갈마당, 완월동,
삼성동, 경주 역전, 오팔팔, 텍사스 촌,

어느 쪽문 앞 다리 꼬고 담배 빨며

홍등 밑 찾아드는
술에 구겨진 사내들 기다리며
학삐리 군바리 둥기 공돌이 가난한 좆물 받아 낼 때
아 하고 풍겨오는 역겨운 고향 언덕 밤꽃 냄새에
그 아래 함석집 마당에서
낫들고 설칠 아버지
울부짖을 동생들 그리워하다
막차라도 타면 집이 있을
저 여자를 남자를 부러워하느냐
허한 아랫도리 거친 음모 위로
이 땅 음습한 바람 불어간다면
그 바람 불어
먼 밤 지키는 쪽문 앞
플라타너스 흔들어 준다면

그것은
고향 땅 밤나무 숲 흔들고 가는
바람인 줄 알거라
네가 아닌 누군가를 쳐 죽이기 위하여
날선 낫 휘두리는 아버지의
분노인 줄 알거라
순자야 이년아.

어떤 생각

김 남 주

그해 봄에 병실 앞에 뜨락에
추하게 지는 어떤 꽃을 보면서
하룬가 이틀인가 화사한 햇살에
탐스럽게 피었다가는
바람에도 실바람에 간드러지게 웃기도 하다가는
하루 아침에 꺾어지고 마는
어떤 꽃을 보면서
나는 어떤 생각을 하게 되었다
꽃에 대해서
자본주의 사회의 어떤 여자들에 대해서.

매력

김 남 주

일본인 관광객에게
한국이 매력적인 것은
불국사다 뭐다 신라의 금관이다 뭐다
찬란한 문화유산이 아니랍니다
설악산 단풍이다 뭐다 한라산 사냥터다 뭐다
무궁화 금수강산도 아니랍니다.

그들에게 일본인들에게
한반도가 매력적인 것은
민속촌의 양반집 툇마루에 놓인 식민지 시대의 놋요강이
랍니다
그 동안 수십년 동안 고스란히 보존된
보수까지 해서 알뜰살뜰하게 간직하고 있는
총독부 건물과 지금은 청와대로 이름이 바뀐 총독부 관
저랍니다.

그러나 무엇보다도 미나미 죠셍이
일본인 관광객들에게 매력적인 것은
(관광객들은 대부분 목욕탕주인, 술집주인, 이발소주인,
목수, 잡상인, 농부 등으로 짜여져 있다)
기생파티랍니다

한집에게 수백명을 부리는 기생집의 거대한 규모랍니다
여자 사타구니 형용의 고려인삼뿌리이고
그것을 먹었다 하면 하룻밤에도
열 탕이고 백 탕이고 탱탱 꼴린 좆으로 뛸 수 있는
구렁이탕에 물개 좆이랍니다

하지만 뭐니뭐니 해도
미나미 죠셍이 일본인 관광객들에게 매력적인 것은
사지가 노골노골하게 깜빡 죽을 정도로
사이고로(최고로) 매력적인 것은 기생들이랍니다
다홍치마에 색동저고리 그 아름다움이 아니라
하이 하이 이랏샤이맛세 그 예절바름이 아니라
엔화 한두 잎이면 마음대로 골라잡을 수 있는 섹스랍니다
바나나 서너 개 값이면 밤도 없이 낮도 없이 주무를 수
있는
유방이고 팔다리랍니다
가난 때문에 도시에 빼앗기고
자본가의 굴뚝에서 쫓겨난
우리네 노동자 농민들의 딸이랍니다

항구의 여자를 생각하면

김 남 주

술먹이기 화투를 치다가
외화벌이 관광수입을 위해 정부가
수 십억 수 백억을 투자하였다는 요정에서
옷벗기기 화투를 치다가
일본놈 장사치와 한국놈 장사치의 가랭이 사이에 끼여
노래하고 술마시고 화투치고 그러다가
왜놈 앞에서는 한국놈이 보는 왜놈들 앞에서는
술마시다 죽으면 죽었지
죽어도 벌거숭이로는 열 아홉 처녀를 보이기가 싫어
화투쳐 질 때마다 옷벗기 대신 술을 마시다가
열 잔째 스무 잔째 벌주를 마시다가
가슴이 파열되어 죽었다는 어느 호스테스의 뒷 이야기를
듣다가
나는 떠올렸다 십 년도 전의 일을

그러니까 그날도 꼭 이런 밤이었을 것이다
밤바람이 차고 하늘에서는 별들이 으시시 떨던 밤이었을
것이다
뭣이더라 그 항구 그 카바레의 이름이
그날 밤 내가 걸었던 거리의 이름을 나는 보았었다
맞은 편 술집에서 뛰쳐나와 내 앞을 가로질러

가로등도 희미한 부두에서 꼬꾸라지던 웬 여자를
등으로는 서럽게 서럽게 흐느껴 울던 웬 여자를

고향이 해남이라 했던가 그녀는
(나와 고향이 같음에 그녀는 더욱 서럽게 울고)
봄 여름 가을 없이 마을 앞 바다로는
흰 모래 검은 모래 그림같이 펼쳐지고
동백꽃 붉게붉게 타오르는 뒷산
송지면 어디가 자기 집이라 했던가
오빠는 월남가서 상자 속의 잿더미로 돌아오고
아버지는 중풍으로 칠년째 누워 있고
하나뿐인 남동생은 야간상고에 다니는데……
그래서 고향을 버리고 이 거리 저 거리를 헤매었다던가
공장에서 일도 하다가 끝내는 다방까지 술집에까지……

아 미치겠다
이 땅에 흔해빠진 이런 이야기 들을 때면
술집의 여자에게도 열 아홉 스물 하나 처녀적에
동백꽃처럼 피어오르는 빨간 사랑이 있었으리라
첫 사랑에 얼굴 붉히는 순정이 있었으리라
이런 상상 저런 상상 할 때면
정말이지 나는 미치겠다
뭍으로 갓 올라온 싱싱한 고기와도 같은 바닷가의 처녀를
황금의 손으로 희롱하는 가진 자들을 생각하면
상거래를 미끄럽게 트기 위해
엄지에 침 발라 돈을 세고 아직도

흙묻은 사투리가 입술에 남아 있는 누이같은 아이들을
양키놈들 왜놈들 장사치놈들에게 통째로 진상한다는
자본가의 전문가 상문가 하는 뚜쟁이들을 생각하면

머리좋아 일류대학 나와서
달라에 엔화에 싸여 유학갔다 와서
자본가의 이윤추구에 우리네 처녀들을 이용해 먹은 화이
트칼라 신사들아
개새끼들아 개새끼만도 못한 사람새끼들아
가난때문에 순결을 팔고
첫사랑의 추억에 우는 항구의 여자를 생각하면
가난때문에 고향을 버리고
타향에서 억지 술에 가슴이 터지는 바닷가의
처녀를 생각하면
나는 미치겠다 네놈들 화이트칼라들을 자본가들을
한 입에 못 씹어 먹어 환장하겠다 환장하겠다.

불감증

김 남 주

내 큰 누이는
해방된 조국의 밤골 처녀
고은(高銀)식 독설을 빌리자면
미팔군 군화밑에서 짝짝 벌어진 밤송이보지
내 작은 누이는 근대화된 조국의 신식여성
뽀이식 표현을 빌리자면
쪽바리 엔화밑에서 활짝 벌어진 관광보지
썩어 문드러져 얼마저 빠져버렸나
흔들어 흔들어도 깨어나지 않고
꼬집어 꼬집어도 감각이 없는
아, 반토막 내 조국
허리꺾여 36년 언제 눈뜨리
치욕의 이 긴긴 잠에서.

아메리카 타운 2
― 1945년 이후

강 형 철

나는 누나를 욕할 수 없다
양갈보라고 욕하는 놈 어떤 놈이든
아가리를 찢어 버릴 것이다
물구덩이 처박혀 다리의 심줄이 굳고
빈 벌판 끝을 향하여
물자세를 밟고 섰을 내 대신
공부를 하게 해서 사람들을 사귀고
돈 벌고 살 수 있게 했기 때문이다
용산을, 넓은 남산 밑의 공간을
무상으로 미군들이 차지하고
미국방성 재산이라는 팻말을 보아도
접근하면 발포한다는 경고를 보아도
나는 당연타고 생각한다
내게 살아갈 근거를 주었기 때문이다
나는 옴싹달싹 못한다
내 숨을 좌우하는 것은
헬로 쪼코랫트 주세요
하얗게 벌려지던 손바닥이요
송유관 옆에서 새어나오는 석유를
회충약으로 대신 먹던 창호지 같은

24

얼굴이기 때문이다
누가 있어 나를 깨우치면
그들이 안 왔어도
이화명충 꽃처럼 날아도
뜨건 쌀밥을 먹을 수 있었다고
외쳐댄다면
나는 누나가 몸팔아 사주었던
소뼉다귀, 가마 솥에 며칠이고 우려먹던
뼉다귀를 들고 몸둥이처럼 휘두를 것이다
점령당한 반쪽짜리 땅의 면적이
충청남북도를 합친 땅만큼 커서
그 땅이면 전세살이, 삭월세방은 면할 수 있다고
깨우친다면 나는 오히려
거리마다 가득 찬 여인숙, 여관 빛 붉은 호텔을
가리키며 돈 있으면 살 수 있다고
가랭이, 어그적거리며 달릴 것이다
나는 누나의 가랭이 사이에서 태어났다
옴짝달싹 못한다
길거리의 지렁이글자 한 양동이
물을 퍼서 온통 청소를 하면
흐물흐물 떨어진 문자를 발로 으깰
자유를 생각 못한다
외치지 못한다
외치면 간첩이란다, 잡혀간단다
붙어 먹으며, 꼬리늘인 개새끼처럼
빌붙어 살 뿐.

동두천 Ⅳ

김 명 인

내가 국어를 가르쳤던 그 아이 혼혈아인
엄마를 닮아 얼굴만 희었던
그 아이는 지금 대전 어디서
다방 레지를 하고 있는지 몰라 연애를 하고
퇴학을 맞아 고아원을 뛰쳐 나가더니
지금도 기억할까 그 때 교내 웅변대회에서
우리 모두를 함께 울게 하던 그 한마디 말
하늘 아래 나를 버린 엄마보다는
나는 돈 많은 나라 아메리카로 가야 된대요

일곱 살 때 원장의 성을 받아 비로소 이가든가 김가든가
박가면 어떻고 브라운이면 또 어떻고 그 말이
아직도 늦은 밤 내 귀가 길을 때린다
기교도 없이 새소리도 없이 가라고
내 시(詩)를 때린다 우리 모두 태어나 욕된 세상을

이 강변(强辯)의 세상 헛된 강변만이
오로지 진실이고 너의 진실은
우리들이 매길 수도 없는 어느 채점표 밖에서
얼마만큼의 거짓으로나 매겨지는지
몸을 던져 세상 끝까지 웅크리고 가며
외롭기야 우리 모두 마찬가지고

그래서 더욱 괴로운 너의 모습 너의 말

그래 너는 아메리카로 갔어야 했다
국어로는 아름다운 나라 미국 네 모습이 주눅들 리 없는
합중국이고
우리들은 제 상처에도 아플 줄 모르는 단일 민족
이 파가름 억센 단군의 한 핏줄 바보같이
가시같이 어째서 너는 남아 우리들의 상처를
함부로 쑤시느냐 몸을 팔면서
침을 뱉느냐 더러운 그리움으로
배고픔 많다던 동두천 그런 둘레나 아직도 맴도느냐
혼혈아야 내가 국어를 가르쳤던 아이야

서울길 27

榮山浦 Ⅰ

나 해 철

배가 들어
멸치젓 향내에
읍내의 바람이 다디달 때
누님은 영산포를 떠나며
울었다.

가난은 강물 곁에 누워
늘 같이 흐르고
개나리꽃처럼 여윈 누님과 나는
청무우를 먹으며
강둑에 잡풀로 넘어지곤 했지.

빈손의 설움 속에
어머니는 묻히시고
열여섯 나이로
토종개처럼 열심이던 누님은
호남선을 오르며 울었다.

강물이 되는 숨죽인 슬픔
강으로 오는 눈물의 소금기는 쌓여
강심(江深)을 높이고
황시리젓배는 곧 들지 않았다.

포구가 막히고부터
누님은 입술과 살을 팔았을까
천한 몸의 아픔, 그 부끄럽지 않은 죄가
그리운 고향, 꿈의 하행선을 막았을까
누님은 오지 않았다
잔칫날도 큰집의 제삿날도
누님 이야기를 꺼내는 사람은 없었다.

들은 비워지고
강은 바람으로 들어찰 때
갈꽃이 쓰러진 젖은 창의
얼굴이었지
십년 세월에 살며시 아버님을 뵙고
오래도록 소리 죽일 때
누님은 그냥 강물로 흐르는 것 같았지.

버려진 선창을 바라보며
누님은
남자와 살다가 그만 멀어졌다고 말했지.

갈꽃이 쓰러진 얼굴로
영산강을 걷다가 누님은
어둠에 그냥 강물이 되었지,
강물이 되어 호남선을 오르며
파도처럼 산불처럼
흐느끼며 울었지.

정님이

이 시 영

용산역전 늦은 밤거리
내 팔을 끌다 화들짝 손을 놓고 사라진 여인
운동회 때마다 동네 대항 릴레에에서 늘 일등을 하여 밥
솥을 타던
정님이 누나가 아닐는지 몰라
이마의 흉터를 가린 긴 머리, 날랜 발
학교도 못 다녔으면서
운동회 때만 되면 나보다 더 좋아라 좋아라
머슴 만득이 지게에서 점심을 빼앗아 이고 달려오던 누나
수수밭을 매다가도 새를 보다가도 나만 보면
흙 묻은 손으로 달려와 청색 책보를
단단히 동여매 주던 소녀
콩깍지를 털어주며 맛있니 맛있니
하늘을 보고 웃던 하이얀 목
아버지도 없고 어머니도 없지만
슬프지 않다고 잡았던 메뚜기를 날리며 말했다
어느 해 봄엔 높은 산으로 나물 캐러 갔다가
산뱀에 허벅지를 물려 이웃 처녀들에게 업혀와서도
머리맡으로 내 손을 찾아 산다래를 쥐여주더니
왜 가버렸는지 몰라
목화를 따고 물레를 잣고
여름밤이 오면 하얀 무릎 위에

정성껏 삼을 삼더니
동지섣달 긴긴 밤 베틀에 고개 숙여
달그당잘그당 무명을 잘도 짜더니
왜 바람처럼 가버렸는지 몰라
빈 정지문 열면 서글서글한 눈망울로
이내 달려나올 것만 같더니
한번 가 왜 다시 오지 않았는지 몰라
식모 산다는 소문도 들렸고
방직공장에 취직했다는 말도 들렸고
영등포 색시집에서 누나를 보았다는 사람도 있었지만
어머니는 끝내 대답이 없었다
용산역전 밤 열한시 반
통금에 쫓기던 내 팔 붙잡다
날랜 발, 밤거리로 사라진 여인

유양 1

김 종 원

무슨 말을 할 수 있을까
가시내야 진실이 때론 피 눈물일 때
시를 말할까 사랑을 말할까
정신대 끌려가 많은 밤을 속으로만
울부짖다 죽어갔을
우리 누부들의 이름을 부를까
대답 없는 이름들을 목 놓아 부르다
이대로 쓰러질까
바람이 분다. 창백한 웃음 웃는
가시내야
짧은 치마 사이로 속살 훤히 드러내 놓고
다리를 꼬고
너 그렇게 우리의 가슴에 못 질을 할꺼냐
언제까지 그런 모습으로 거기 앉아 있을거냐
시란 것이 진실이란 것이 사랑이란 것이
때론 부질없을 때
자유란 것이 민주주의란 것이
껌을 씹으며 싸구려 웃음이나 팔며
오는 것이 아닐 때
가시내야
우린 무슨 말을 할 수 있을까
병신같이 병신같이

32

아무 말 못하고 돌아서서
눈물이냐 흘릴거냐
어둠이 깊어 가는 골목에
다리를 꼬고 앉아 싸구려 웃음이나 파는
이 땅의 쑥 이파리들아, 겉보리들아.

유양 2

김 종 원

가시내야
술 취한 사내들의 허리 끈에 메달려
"자기 쉬었다가. 응, 잘해줄께"
젖가슴 문지르며
니코틴 누렇게 낀 이 드러내며
창백하게 웃는
가시내야 너는
강원도 어느 산골짝이나
경상도, 전라도 어느 들판에서
호미, 낫 내 팽개치고
서울 올라와
너 몸 팔아 살 수 있는 것이 무엇이냐
밥이냐
사랑이냐
자유, 평화, 민주주의냐
네가 속 살 훤히 드러내 놓고
턱 괴고 앉아 있을 때
술이 취해 젖가락 장단에 맞춰
흘러간 유행가 가락이나 흥얼거릴 때
별이 지는구나
가시내야
너는 무슨 그리움으로

여길 떠나지 못하느냐
네 늙은 어미가 애타게 너의 이름을
부르는데
돌아오라 돌아오라고
고향 들판의 푸른 보리가 손짓하는데
너 끝내 여기에 남아
몸 팔아 무엇 이루겠느냐

풍인각 지하실

김 명 수

누가 너희더러 꽃이라고 하더냐
풍인각 지하실에 함께 모여
어제 저녁 호텔에서 받은 화대 구겨쥐는
우리는 결코 꽃이 아니다
둥둥, 두둥둥 장구소리야
서글픈 민속춤 장구소리야
섬나라 비행기 반도에 내려
밤마다 밤마다 우릴 찾지만
가야금아 신선로야 서러운 어깨춤아
옛부터 우리가 꽃이었더냐
한복은 아름다워 차려입고
관광요정 연회장 넓은 한옥집
밤마다 흘리는 뜨거운 눈물
밤마다 웃음 웃는 우리들 육신
누가 우리보고 꽃이라고 하더냐
술에 젖고 환각에 젖어
아현동 산마루에 돌아와 쓰러질 때
엄마는 뜬눈으로 밤을 지새우고
동생도 지쳐서 쓰러졌을 때
누가 우리보고 꽃이라고 하더냐
누가 우리보고 꽃이라고 하더냐

원주여자
— 아름다움에 대하여

김 정 환

너는 나보고 개새끼라고만 그러는구나
몸 파는 너를 보고 불쌍하다는 나를 보고 막무가내
불쌍히 여기는 그 못된 버릇을 버리라는구나
여자여 어두운 원주역 학성동 길
비 내린 가로수처럼 늘어섰던 여자여
여자여 거대한 미움의 응어리 속 가까울 수 없는 외딴 섬
질퍽이면서, 여자여, 그러나 내가 무슨 영혼주의를 하겠
다는 것은 아니다
다만 그대가 삶에 대해 지치고 아프고 설워 보일 때
우리가 미움과 위선과 교활함에 대해 이야기할 때
이 습기 찬 하숙집에서 돈에 대해
몸 팔음과 사랑의 가능성에 대하여
한 개인의 비극적인 생애에 매달려 있을 때
내가 사랑에 대해 이야기하려는 것은
사랑은
전쟁처럼 온다는 것이다
우리가 절망에 대해 이야기하는 것은
절망은 보다 억척스러운 꿈과 맞닿아 있기 때문
우리가 뇌세포 묻어나는
불안에도 지쳐 있을 때
우리가 고향집 풀밭 때묻은 치마폭에도

매달려 있을 힘이 없을 때
사랑에 대해 이야기하는 것은
아름다움에 대해, 무기에 대하여
……………
너는 나더러 개새끼, 개새끼라고만 그러는구나

누이에게

나 해 철

누이야 잘 있느냐
봉숭아 꽃물 어여쁜 네 손가락이 만지던
미국돈 — 미제 선풍기 — 조오지 상사
가난 때문이었다지만 누이야
조오지는 결코 너의 가난을 해방시키지 못했다
가족들의 오랜 평화를 깨뜨렸을 뿐
조오지와의 화간은
처음부터 잘못이었다
푸르게 멍이 든 눈두덩이 풀리기도 전
주먹으로 내려치는 네 연인은
결코 해방군이 아니다
너를 붙잡고 제 욕심만 채우는
차라리 네 원수다
누이야 이제 분명하지 않느냐
노리개감일 뿐인 너의 병이 이미 깊다는 것을
그러므로 누이야
조오지 상사를 몰아내자
그리고 오래 헤어졌던 가족들이
다시 만나 도란도란 이야기하며
한솥밥을 먹자

심청을 위하여
― 쑥고개 · 1

박 석 수

헐벗은 우리의 가슴에
한 잎 낙엽으로
떨어져 썩기 위하여

인당수보다 더 깊고 깊은
미군들의 털부숭이 가슴에
얼굴을 묻고 흐느끼는 누이야.

네 몸과 바꾼 15불의 화대로도
애비들의 눈은
띄어지지 않는다.

아름다운 연꽃은
끝끝내
피어나지 않는다.

내의 껴입을수록 더 추워지는
이 겨울을
맨 정신으로 살아내기 위하여.

소박
— 쑥고개 · 2

박 석 수

한반도의 어둠을 몽땅 실어다
부려놓은 마을에서 누이야.
너는 갇친 곤충처럼
슬픈 더듬이를 흔들며
아름다운 모국어로 아름다운
사랑을 노래한 시가 읽고 싶다고,

몸은 비록 미군의 품안에서
달러로 길들여져 가더라도,
가슴은 아름다운 모국어로
아름다운 사랑을 노래한
시가 읽고 싶다고,

그러다가 결혼해서
달러를 따라 마을을 등지고
손 흔들며 떠나는 누이야.
가서는 시집살이 3년을 반도 못 채우고
더 큰 어둠으로 되돌아온 누이야.

오늘 네 손끝에서 타고 있는
양담배 한 개피가

아름다운 모국어로 아름다운
사랑을 노래하지 못하는
내 가슴을 태우고 있다.

발길질
— 쑥고개 · 3

박 석 수

몸값 떼어먹고 달아났던
죤 뭐라는 다섯번째 남편
미군 전용 홀에서 붙잡고
몸값 내놓으라고 외치다가
군화 자국도 선명한
가슴으로 너는 갔지만,
알콜 중독에 의한
무슨 질식사로 다음날
네 사인(死因)은 설명됐다.

끝내 죽음마저
몸값처럼 뜯긴 채
누이야 너는 갔지만,
너는 우리들 가슴에
선명한 군화자국으로 살아 있다.

빛을 고르는 노모의
안경알로 잠겨오는
네 슬픈 영혼의 불꽃.
조카들의 도화지가 불타고 있다.

눈 부릅뜰수록 더 어두워지는
이 세상을
좀더 바로 보기 위하여

인당수보다 더 깊고 깊은
수렁 속에 던져진
우리들 마지막 기다림 하나.

노을
― 쑥고개 · 4

박 석 수

마을은 철조망 속 휘파람
소리 일찍 저물고
저문 들녘의 무거운 정적 속에서
구중의 땅 밑을 헤매던
누이의 눈물은 피가 되었다.
왕복 엽서처럼 구겨질대로 구겨진
누이의 눈물은 피가 되었다.
철수하는 미군의 가슴이나
태평양이나 아메리카로도
닦여지지 않는
누이의 눈물은 피가 되었다.
십자가에 못박힌 한반도의
가장 참혹한 노을이 되었다.

현장
― 쑥고개 · 8

박 석 수

Ⅰ

우리네 좁은 논밭에 앞뜰에
밥상에 풀풀 묘한 화장지나 휘날리고
휘날려서 소녀의 꿈도 수줍음도
아름다움도 모두 다 덮고 덮어서
이제는 건너말 순자도 내사랑 구멍가게집
큰딸도
미군들의 품안에서 달러로 완성되었는지
말았는지.
모를 일이다.
우리네 지조를 흔드는
달러의 힘은 얼마나 위대하냐.

Ⅱ

에이프램 홀의 DJ로 일하다가
미 정보장교 앤더슨의 손목 잡고
물건너간 명자야.
가서는 가당찮은 외신처럼 꼬박꼬박
동생들의 학비를 보내 오는 심봉사의

딸들아,
나는 오늘도 술을 마신다.
구멍가게집 큰딸이 보고 싶어서.

Ⅲ

미군부대 하우스보이 재악아,
달러처럼 반짝이는
양키들의 구두를 닦다가 훔치다가
이제는 뚜럭잽이 별 네 개 달고
큰 집에 간 친구야.
밤마다 달러처럼 난폭하게 빛나는
너의 반생을 본다.
네 마누란 뭘 하는지 너는 모른다.

Ⅳ

전쟁이 쑥밭을 만든 쑥고개의 순결.
쑥고개를 씹고개로 발음하는 외지 친구야.
우린 모두 일용한 양식을 위해
알파벳 같은
펨프가 되고
양갈보가 되고
짜도 짜도
눈물 한 방울 흐르지 않는
이처럼 캄캄한 절망이 됐다.

서울길 47

제기차기
— 쑥고개 · 29

박 석 수

I

비정의 도시에서 헐렝이 제기차는
내 발의 동상을 감싸고 우시는 엄마야,
불빛에 닳은 폐결핵의 신발아,
눈물로 햇살 몇 웅쿰 차 올리면
하늘 깊숙이 퍼져가는 노래.
영원한 마을엔 눈이 내리고 있을까.

II

색동옷 입고 양지쪽에서
버선발로 제기를 톡톡 차 올리던 난이는
지금 기지촌 어느 변두리 W침대에서
몇 개의 성욕을
어두운 신음으로 차 올리고 있을까.
우리 감히 신발을 벗을 수 있을까.

Ⅲ

십 원짜리 제기를 사주지 못해
엄마는 가슴을 찢고
나는 신발을 찢고 ……
우리나라의 어둠이여, 마음이여,
영원한 마을엔 신발을 품고 자는 아이가 있을까.

서울특별시 자본구
— 착한 꽃·1

하 종 오

신당 4동 산중턱
좁은 골목 낮은 철제 대문 옆 보안등은
그애가 집을 나설 때면 켜지지요

숙인 얼굴 속에
어릴 때 담았던 들꽃은 이미 시들고
진한 화장에 멋진 양장을 차려입은 그애가
그림자 길게 끌며 어둠 속으로 내려간 뒤면
그애 손에 피땀 대신에 술이 넘치고
그애 눈가에 눈물 대신에 웃음이 번지지요.

작은 사랑도 없이 큰 분노도 없이
눈동자는 흐려 세상 끝까지 흐느적이며 가는 자신을 보
지만
돈 때문에 돈 때문에
온몸이 망가져도 그 까닭에 대해선 말할 줄 모르지요.

취한 몸 이끌고 돌아오는 새벽이면
하늘은 돌아누워서 별들을 감추고
붉은 달도 기울어 그애를 내려다보지 않지요.

신당 4동 산중턱
싸늘한 보안등 불빛을 받으며 골목을 돌아드는
그애는 이제 소녀시절에 품었던 별빛도 사위고
달빛에 아름다워지던 추억에도 입 다물지요.
밤하늘에 더 이상 마음을 주지 않지요.
왜 그애가 그리 되었는지 누구나 짐작하지요.
오오, 자본주의는 무서워라, 그 애를 살리지 못하지요.
그애에게 결백을 바라는 자 아무도 없지요.

신당 4동 산중턱
좁은 골목 낮은 철제 대문 옆 보안등은
그애가 돌아와 쓰러져 흐느끼다 잠들 때면 꺼지지요.

서울특별시 자본구
— 착한 꽃 · 2

하 종 오

꽃 속에 그애 있던가요?
향그러운 꽃 속에 그애 웃고 있던가요?
꽃 속에 꽃 속에
어여쁜 꽃 속에 그애가 그애가 자라나고 있던가요?

어느 해 봄
그애는 여관방 룸라이트 침침한
침대 모서리에 걸터앉아 옷을 벗었어요.
영혼을 사는 사내는 없었으므로
입 앙다물고 누워버렸어요.
어찌해서 그애가 그애가
꽃 속에서 꽃잎을 돋아내고 있다고 하나요?

시집 가 아기를 잠재우고 싶던 젖가슴으로
그애가 돈 삼만원을 벌었어요.
물려받은 육신 하나로 반 시간 남짓
무슨 일을 해서 그 금액을 만질 수 있나요?
어디은 일하려면 할 수 있는 곳이 있나요?
누가 감히 그애가 그애가
꽃 속에서 뿌리가 내리고 있다고 하나요?

거리에는 자가용과 값비싼 옷에 보석 걸친 여인네들
저들이 어떻게 잘 사는가 말할 수 없다면
내일 먹을 양식이 없는 그애에게
착하게 살라고 할 수 있는 이 있나요?
차라리 굶으라고 할 수 있는 이 있나요?
마음을 사는 사내는 없었으므로
생각을 멈추고 가랭이를 추스려 옷을 입었어요.
언제 그애가 그애가
꽃 속에서 이땅에 더럽힌다고 하나요?

그 늦은 봄밤
그애가 월세방으로 돌아와 컴컴한
문지방에 걸터앉아 하염없으니
찬별 하나 깜박였어요.

꽃 속에 그애가 들어갔다고요?
벙그는 꽃 속에 그애가 살아있다고요?
꽃 속에 꽃 속에
송이송이 터지는 꽃 속에 그애가 그애가 피어나고 있다
고요?

2

당신을 버릴 때

나는 부끄러웠다 어린 누이야

신 경 림

차고 누진 네 방에 낡은 옷가지들
라면 봉지와 쭈그러진 냄비
나는 부끄러웠다 어린 누이야
너희들의 힘으로 살쪄가는 거리
너희들의 땀으로 기름져가는 도시
오히려 그것들이 너희들을 조롱하고
오직 가난만이 죄악이라 협박할 때
나는 부끄러웠다 어린 누이야
벚꽃이 활짝 핀 공장 담벽 안
후지레한 초록색 작업복에 감겨
꿈 대신 분노의 눈물을 삼킬 때
나는 부끄러웠다 어린 누이야
투박한 손마디에 얼룩진 기름때
빛 바랜 네 얼굴에 생활의 흠집
야윈 어깨에 밴 삶의 어려움
나는 부끄러웠다 어린 누이야
나는 부끄러웠다 어린 누이야
우리들 두려워 얼굴 숙이고
시골 장바닥 뒷골목에 처박혀
그 한겨우내 술놀음 허송 속에
네 울부짖음만이 온 마을을 덮었을 때
들을 메우고 산과 하늘에 넘칠 때
쓰러지고 짓밟히고 다시 일어설 때

네 투박한 손에 힘을 보았을 때
네 빛 바랜 얼굴에 참삶을 보았을 때
네 야윈 어깨에 꿈을 보았을 때
나는 부끄러웠다 어린 누이야
네 울부짖음 속에 내일을 보았을 때
네 노랫속에 빛을 보았을 때

천생연분

박 노 해

내가 당신을 사랑하는 것은
당신이 이뻐서가 아니다
젖은 손이 애처로와서가 아니다
이쁜 걸로야 TV 탈랜트 따를 수 없고
세련미로야 종로거리 여자들 견줄 수 없고
고상하고 귀티나는 지성미로야 여대생년들 쳐다볼 수도
없겠지
잠자리에서 끝내주는 것은 588 여성동지 발뒤꿈치도 안
차고
써비스로야 식모보단 못하지
음식솜씨 꽃꽂이야 학원강사 따르것나
그래도 나는 당신이 오지게 좋다
살아 볼수록 이 세상에서 당신이 최고이고
겁나게 겁나게 좋드라

내가 동료들과 술망태가 되어 와도
며칠씩 자정 넘어 동료집을 전전해도
건강걱정 일격려에 다시 기운이 솟고
결혼 후 3년 넘게 그 흔한 쎄일샤쓰 하나 못 사도
짜장면 외식 한번 못하고 로숀 하나로 1년 넘게 써도
항상 새순처럼 웃는 당신이 좋소
토요일이면 당신이 무데기로 동료들을 몰고와
피곤해 지친 나는 주방장이 되어도

요즘 들어 빨래, 연탄갈이, 김치까지
내 몫이 되어도
나는 당신만 있으면 째지게 좋소

조금만 나태하거나 불성실하면
가차없이 비판하는 진짜 겁나는 당신
좌절하고 지치면 따스한 포옹으로
생명력을 일깨 세우는 당신
나는 쬐그만 당신 몸 어디에서
그 큰 사랑이, 끝없는 생명력이 나오는가
곤히 잠든 당신 가슴을 열어 보다 멍청하게 웃는다

못배우고 멍든 공순이와 공돌이로
슬픔과 절망의 밑바닥을 일어서 만난
당신과 나는 천생연분
저임금과 장시간 노동과 억압 속에 시들은
빛나는 대한민국 노동자의 숙명을
당신과 나는 사랑으로 까부수고
밤하늘 별처럼
흐르는 시내처럼
들의 꽃처럼
소곤소곤 평화롭게 살아갈 날을 위하여
우린 결말도 못보고 눈감을지 몰라
저 거친 발굽 아래
무섭게 소용돌이쳐 오는 탁류 속에
비명조차 못지르고 휩쓸려갈지도 몰라

그래도 우린 기쁨으로 산다 이 길을
그래도 나는 당신이 눈물나게 좋다 여보야

도중에 깨진다 해도
우리 속에 살아나
죽음의 역사를 넘어서서
이른 봄마다 당신은 개나리 나는 진달래로
삼천리 흐드러지게 피어나
봄바람에 입맞추며 옛얘기 나누며
일찍이 일 끝내고 쌍쌍이 산에 와서
진달래 개나리 꺾어 물고 푸성귀 같은 웃음 터뜨리는
젊은 노동자들의 모습을 보며
그윽한 눈물로 지자 여보야
나는 당신이 좋다
듬직한 동지며 연인인 당신을
이 세상에서 젤 사랑한다
나는 당신이
미치게 미치게 좋다

당신을 버릴 때

박 노 해

첫사랑의 소박한 그녀를
내가 겉멋 들어 버렸을 때
희뿌연 가로등 아래서
그녀는 잡지도 않고 말 한마디 없이
굵은 눈물 흘리며 천천히 기숙사로 돌아갔다

내가 세상을 알았을 때
소박하고 진실한 그녀는
저만큼 앞서 해고자가 되어
또다시 어느 현장에 몸을 담고
어리석은 나를
조용히 미소지으며 손짓하고 있었다

2년을 바둥쳐 봐도 얼어붙은 이 침묵
잠들은 동료들을 병신이라 원망하고
자포자기한 동료들을 흔들어 봐도
움직이지 않는 죽음의 바다 앞에서
몸도 마음도 지쳐 버렸다

십년을 노력해도 가망없다고
차라리 다른 곳에 씨를 뿌리자고
사직서를 품에 넣고 출근한 아침
웅성웅성 동료들은 일손을 놓고

눈과 눈을 마주쳐 불꽃이 일고
말과 가슴이 합쳐져 함성으로
처얼썩 출렁 파도쳐
천이백 근육들의 출렁임으로
거대한 해일처럼 휩쓸며
일어서던 날,

내가 눈이 어두워
그녀를 버린 것처럼
나는 형제를 믿지 못하였었다

우리는 기계가 아닌 인간임을
억눌리고 빼앗기는 노동자임을
견디다 못해 일어서면 해일이 되는
무겁고 깊은 바다임을
나는 매몰 속에서
섣부른 머리와 조금합으로
지루함을 이기지 못하고
형제를 버리려 했었다

숨죽인 바다는
마침내 해일이 되는 것을,
굳센 믿음으로 옳은 실천으로
끈질긴 집념으로
서둘지 말자
그러나 쉬지도 말자

남성 편력기

박 노 해

시다 시절
훤칠한 미남에다
눈매와 뒷모습이 사슴처럼 쓸쓸해 뵈는
검사반 진수가 좋아
밤늦도록 그 가을을 함께 걸었지만
갈수록 내 가슴은 마른 낙엽이었지

미싱사가 되어
미치게 배우고 싶어
셋집 주인네 친절한 대학생을 사모하여
지친 몸으로 새벽까지 책을 읽어도
그와 나 사이엔 메울 수 없는
깊은 강이 흐르고 있었다

조장이 되어
돈 잘 쓰고 세련미가 멋져
지시할 때 위엄있고 인간미 넘치는 김과장이 좋아
경양식집 조명불빛 아래 웃음지어 봤지만
허망한 한 잔 맥주 거품이었지

내 不安한 존재를 듬직하게 안아 줄
남자답고 야성적인 정열이와의 겨울은 상처입은 고목처

럼 거친 아픔이었다

반장이 되었을 때
동갑내기들이 결혼에 들뜨고
성실하고 가정적인 영훈씨와의 사랑도
제 한몸밖에 모르는 이기와 독선에 질려
갈테면 가라고 떠나 보냈지

미싱밥 8년에
백여명이던 회사가 천오백명으로
대회사로 늘어났으나
내게 남은 것은 50원만원짜리 월세 한 칸
월부 카세트 하나
그리고 진이 빠진 스물다섯 육신

토닥거리는 주임의 격려와 부장님의 회식이 있고 나면
어김없이 조여드는 생산량에
미싱사 시다를 달달 볶으며
정신없이 밟아 대고 악을 쓰다가
잔업 끝난 밤거리를 천근 무게로 지쳐 가면서
이래서는 안된다
이것이 아니다
이를 깨물며 다짐해 본다

점심 후 재단반에 바람이 일어
2년째 얼어붙은 임금 50% 인상하라

주저앉아 제끼고
국만이는 나를 붙들고
단결하면 이길 수 있다고, 더이상 이용당하지 말자고
눈을 빛내면서 설득을 한다.

나의 두 눈에 눈물이 맺히고
우리는 현장을 돌며
메마른 가슴들을 한덩어리로
뜨겁게 일으켜 세워
전쟁터 같은 현장은 일시에 긴장된 침묵만이 감돌고
허둥대며 퍼렇게 고함치는 주임 부장의 발악에도
내 가슴은 난생처음 평온한 대지가 되어
생명의 죽순이 파랗게 기운차 오른다

연약하고 우스갯소리만 잘하는 줄 알았던 국만이가
저렇듯 동료들의 깊은 신뢰 속에
확실한 주관과 실천력이 있음이
가진 사장보다 더 당당한 용기와 뚜렷한 소신으로
희생을 각오한 큰 사랑을 키워 가고 있음이
3일간의 싸움 속에서
뜨거운 감명으로 충만되어 젖어 온다

참다운 남자란 이런 남자라고
일생을 함께하며 내 모든 것을 다 주어도
기쁨으로 살아날 진짜 남자라고
어떤 고난도 함께 싸워 나가리라고

두근거리는 가슴을 안으며
활시위처럼 팽팽하게
나를 가다듬는다

시다의 꿈

박 노 해

긴 공장의 밤
시린 어깨 위로
피로가 한파처럼 몰려온다

드르륵 득득
미싱을 타고, 꿈결 같은 미싱을 타고
두 알의 타이밍으로 철야를 버티는
시다의 언 손으로
장미빛 꿈을 잘라
이룰 수 없는 헛된 꿈을 싹둑 잘라
피 흐르는 가죽본을 미싱대에 올린다
끝도 없이 올린다

아직은 시다
미싱대에 오르고 싶다
미싱을 타고
장군처럼 당당한 얼굴로 미싱을 타고
언 몸뚱아리 감싸 줄
따스한 옷을 만들고 싶다
찢겨진 살림을 깁고 싶다

떨려 오는 온몸을 소름치며

가위질 망치질로 다짐질하는
아직은 시다,
미싱을 타고 미싱을 타고
갈라진 세상 모오든 것들을
하나로 연결하고 싶은
시다의 꿈으로
찬 바람 치는 공단거리를
허청이며 내달리는
왜소한 시다의 몸짓
파리한 이마 위으로
새벽별 빛나다

어쩌면

박 노 해

어쩌면 나는 기계인지도 몰라
컨베이어에 밀려오는 부품을
정신없이 납땜하다 보면
수천번이고 로버트처럼 반복동작 하는
나는 기계가 되어 버렸는지도 몰라

어쩌면 우리는 양계장 닭인지도 몰라
라인마다 쪼로록 일렬로 앉아
희끄무레한 불빛 아래 속도에 따라 손을 놀리고
빠른 음악을 틀어 주면 알을 더 많이 낳은
양계장 닭인지도 몰라
진이 빠져 더 이상 알을 못낳으면
폐닭이 되어 켄터키치킨이 되는
양계장 닭인지도 몰라

늘씬한 정순이는 이렇게 살아 무엇하냐며
맥주홀로 울며 떠나고
영남이는 위장병에 괴로워하다
한 마리 폐닭이 되어 황폐한 고향으로 떠난다
3년 내내 아귀차게 이 악물며 야간학교 마친 재심이는
경리자리라도 알아보다가 졸업장을 찢으며 주저앉는다.
어쩌면 우리는 멍에 쓴 짐승인지도 몰라

저들은,
알 빼먹은 저들은
어쩌면 날강도인지도 몰라
인간을 기계로
          소모품으로
          상품으로 만들어 버리는
점잖고 합법적인 날강도인지도 몰라

저 자상한 미소도
세련된 아름다움과 교양도
부유하고 찬란한 광휘도
어쩌면 우리 것인지도 몰라
우리들의 피눈물과 절망과 고통 위에서
우리들의 웃음과 아름다움과 빛을
송두리째 빨아먹는
어쩌면 저들은 흡혈귀인지도 몰라

석양

박 노 해

저 산 넘어 지는 해가
뿌연 유리창으로 붉은 손을 내밀어
눈부시어라 미싱 바늘
자욱이 어른거려 눈 비비며
생산목표 헤아리며
등줄기에 땀이 괴도록 밟는다

오늘은 밀린 빨래, 쌓인 피로
한자공부도 다 제쳐 놓고
연락만 기다린다는 고향친구를 만나
부모님 소식 고향 소식 들으며
회포를 풀어 보자고 열나게
열나게 밟았는데
-수작 부리지 말고 쓰러지지 않을 지경이면 잔업하라고
해-
주임님의 고함소리에 노을이
검붉게 탄다

조장언니 성화에
잔업명단 위에 이름이 박히고
아침부터 아프다던 시다 명지는
일감 따라 허덕이며 눈물이 어려

미싱소리 망치소리 가르며
라디오 스피커에선
-보람된 하루일과를 마치고 그윽한 한 잔의 커피와 연인
과의 대화 속에 포근한 휴식의 시간, 노을도 아름답고 산
들바람도 싱그러운 저녁입니다. 오늘도 연예가 산책에
이어 프로야구 소식과 멋진 팝뮤직에 젖어 보세요. 먼저
정수라가 부릅니다. 아아 우리 대한민국-
이를 갈며,
졸립더라도 꼭 한 장씩 쓰고 자자던
한자공부도 며칠째 흐지부지
생일선물로 받은 소설책도 한달을 넘긴 채
고향에 편지쓴 지도 오래
무너지고 세우고 무너진 계획이
헤아릴 수 없어 꺼지는 한숨 속에
산다는 게 뭔지, 울분으로
드륵 드르륵 득득
밟아 댄다

석양은
마지막 검붉은 빛을 토하며
순이의 슬픔도 명지의 눈물도
정자의 울분도 어둠 속으로
무겁게 거두어 간다
그래, 어둠에서 어둠으로
끝없는 노동 속에 절망하고
쓰러지더라도 다시 일어서

슬픈 눈물로 기름부어 타오르며
우리들 손에 손 맞잡고
사랑과 희망을 버리지 말자
우리 품에 안아야 할
포근한 석양빛의 휴식과 평화
우리들의 권리를 찾을 때까지
슬픔과 절망의 어둠 속에서
마주잡은 손들을
놓치지 말자

가구야 말려느냐

이 찬

가구야 말려느냐
순(順)아
너는 참 정말 가구야 말려느냐

산길로 삼백리 물길로 육십리
저 낯선 마을 낯선 거리 실 뽑는 공장으로
가구야 가구야 말려느냐

응―가난한 네 집을 위해서거든
가난한 네 집 살림을 위해서거든
칠순에 풍나 누운 네 아버지와
육순에두 품팔이하는 네 어머니를 위해서거든

내 아무리 이리두 서러운들
내 아무리 이리두 안타까운들
오 어찌 너를 막을 수 있겠니 걷잡을 수 있겠니
내 만일에 고용살이하는 신세가 아니었던걸
교용살이루 삼사 명 식솔을 기르는 신세가 아니었던들

허드라두 허드라두
네가 가려는 그곳이
네가 가려는 그 공장이

그의 말같이 그 모집원의 말같이
'일 헐하구 돈 많이 나고 대우야 아주 좋구-' 하다면야
했으면야

순(順)아 그런데가 단 하나인들
지금의 이(생략) * 어느 곳에 있다구
하듸(5행 생략) *

그렇다
하루이틀 지나는 동안
한달 두달 지나는 동안
네 가슴 속에
봄동산의 새 움같이 솟아오를
불평과 불만

오 그대 너는
눈물 씻기 일삼지 말구
한숨짓기 일삼지 말구
(5행 생략) *
너희들의 힘을(생략) * 힘을 서다오(생략) *

그래야 참으로 내 사랑이다
그래야 참으로 내 순(順)이다
오오 샛별같은 네 눈초리
붉은 네 볼-조그만 네 손길
이루 이루 만나두 다시 볼 수 없겠구나

76

찾아 볼 수 없겠구나
오오 가구야 말려느냐
순(順)아 순(順)아
너는 너는 참 정말 가구야 말려느냐

* 생략 부분은 검열에서 삭제당한 곳임.

누이에게 1

이 소 리

누이야
천만 노동자의 끓는 가슴이 되어버린 누이야
"임금쟁취"라 씌어진 네 머리띠보다
더 붉은 늦봄 노을이
프레스실 창에 머리를 짓찧어대는데
공장 밖에서는
황달같은 유채꽃이 입술으 깨물며
어서오라 어서오라 손짓하는구나

최루탄에 젖어 우는 남녘 공단에서
보름달보다 더 부푼 가슴 쓸어안고
날밤을 새우며
치 프처럼 날카로운 눈으로
한없이 밀려오는 제품을 찍고
한없이 밀려오는 졸음을 찍고
또 한없이 밀려오는 분노를 찍던 누이야

유월이 오는데
아아 눈물같은 유채꽃은 자꾸 피어나는데
노동자의 피가 되자고
노동자의 밥이 되자고
떨리는 입술로 외치던 너는

저 푸른 하늘이 되었느냐
저 푸른 창이 되어
홍시보다 더 붉은 노을을 짓찧어대고 있느냐

누이에게 2

이 소 리

최루탄비 내리는 선머슴의 땅
불심검문초소 같은 관리청사 곁으로
참꽃이 피누나
누이의 떨리는 입술같은 참꽃이 피누나

가진자의 가슴에 칼이되어 꽂히자
압제자의 두눈에 핏물되어 흐르자
노린내 나는 놈들의 살갗에
조선바늘 되어 꽂히자며

캄캄한 새벽
프레스에 잘린 손으로
시어터진 김치를 자르는 누이야

마른명태같은 얼굴로
오빠, 참꽃은 싫어
노동자들의 코피같은 참꽃은 정말 싫어
아무데서나 잘자라고
아무데서나 꽃 잘 피우는
개나리꽃이 너무 좋아
노오란 웃음 날리는 누이야
어지럼일게 사랑하는 누이야

네거리의 순이

임 화

네가 지금 간다면, 어디를 간단 말이냐?
그러면, 내 사랑하는 젊은 동무,
너, 내 사랑하는 오직 하나 뿐이 누이 동생 순이,
너의 사랑하는 그 귀중한 사내,
근로하는 모든 여자의 연인 ……
그 청년인 용감한 사내가 어디서 온단 말이냐?

눈바람 찬 불쌍한 도시 종로 복판의 순이야!
너와 나는 지나간 꽃피는 봄에 사랑하는 한 어머니를
눈물나는 가난 속에서 여의었지!
그리하여 너는 이 믿지 못한 얼굴 하얀 오빠를 염려하고,
오빠는 가냘픈 너의 근심하는,
서글프고 가난한 그 날 속에서도,
순이야, 너는 마음을 맡길 믿음성있는 이곳 청년을 가졌
었고,
내 사랑하는 동무는 ……
청년의 연인 근로하는 여자 너를 가졌었다.

겨울날 찬 눈보라가 유리창에 우는 아픈 그 시절,
기계소리에 말려 흩어지는 우리들의 참새 너희들의 콧소
래와
언 눈길을 걷는 발자국 소리와 더불어 가슴 속으로 스며

드는
청년과 너의 뜨뜻한 귓속 다정한 웃음으로
우리들의 청춘은 참말로 꽃다왔고,
언 밥이 주림보다도 쓰리게
가난한 청춘을 울리는 날,
어머니가 되어 우리를 따뜻한 품속에 안아주던 것은
오직 하나 거리에서 만나 거리에서 헤어지며,
골목 뒤에서 중얼대고 일터에서 충성되던
꺼질 줄 모르는 청춘의 정열 그것이었다.
비할 데 없는 괴로움 가운데서도
얼마나 큰 즐거움이 우리의 머리 위에 빛났더냐?

그러나 이 가장 귀중한 너 나의 사이에서
한 청년은 대체 어디로 갔느냐?
어찌 된 일이냐?
순이야, 이것은……
너도 잘 알고 나도 잘 아는 멀쩡한 사실이 아니냐?
보아라! 어느 누가 참말로 도적놈이냐?
이 눈물나는 가난한 젊은 날이 가진
불쌍한 즐거움을 노리는 마음하고,
그 조그만 참말로 풍선(風船)보다 엷은 꿈을 안 깨치려
는 간지런 마음하고,
말하여 보아라, 이곳에 가득찬 고마운 젊은이들아!

순이야, 누이야!
근로하는 청년, 용감한 사내의 연인아!

생각해 보아라, 오늘은 네 귀중한 청년인 용감한 사내가
젊은 날을 부지런한 일에 보내던 그 여윈 손가락으로
지금은 굳은 벽돌담에다 달력을 그리겠구나!
또 이거 봐라, 어서.
이 사내도 네 커다란 오빠를 ……
남은 것이라고는 때묻은 넥타이 하나뿐이 아니냐!
오오, 눈보라는 '트럭' 처럼 길거리를 휘몰아간다.

자 좋다, 바로 종로 네거리가 예 아니냐!
어서 너와 나는 번개처럼 두 손을 잡고,
내일을 위하여 저 골목으로 들어가자,
네 사내를 위하여,
또 근로하는 모든 여자의 연인을 위하여 ……

이것이 너와 나의 행복된 청춘이 아니냐?

墓碑銘 1
— 조성애

김 정 환

그는 이 세상에서 열일곱 살 어린 나이에
독가스의 화공약품 냄새 허파를 가득 메우는
작업현장에서 2개월을 일하다 쓰러졌다 그가 만든 도자
기는
단란한 살림그릇으로 쓰이고 행복한 커피잔으로 쓰였다
그는 쓰러졌고, 의식을 되찾는 데는 또 2개월이 걸렸고
우리들은 그가 만든 그릇으로 사랑했고 의논했고 어깨
겼었다

그는 치료불능 반신불수가 됐고 우리들은 서울에서 부산
에서 광주에서 민주화를 외치다 몇몇 동지를 잃었다 의
사는 빈혈이라 했고
회사는 산업재해가 아니라 했다 그는 7층 옥상에서 투신
꽃다운 나이로 생을 마감했다 그가 일어나지 않으면 사
랑엔
현기증이 묻어 있고 비명 소리가 묻어 있고 일어나지 않
으면 우리들 행복에
화공약품 독가스가 묻어 있다 그는 노동자가 주인되는
세상으로 일어날 것
가난한 때문 아니라 슬프기 때문 아니라 억울한 때문 아
니라

우리를 위해, 만인을 위해 그는 살아나야 할 것이다 이
세상의 주인으로
권력은 이미 고난과 투쟁과 죽음을 통해 해방에 이르는
상부도 아니고 하부도 아니고 중심도 아니고 주변도 아
닌
바탕과 본질에서 스스로 이루는
민중의 권력
그 권력은 민중해방-민족통일 이루기 위하여
피 흘려 죽어간 모든 전사들에 대한 기억과 생산-투쟁의
우리들이
우리들 노동자가 밥과 희망과 안방과 달력과 미래를 관
장하는
숭고한 일상이 이루는 죽음의 권력

그는 투신자살했다 전태일 김경숙 김종태 박종만
홍기일 박영진 그 숱한 노동운동 전사자들 속으로
그는 투신자살했다 김상진 김의기 김태훈 이동수
김세진 이한열 그 숱한 학생운동 전사자들 속으로
운동의 운자도 모르는 그가 투쟁이란 말은 너무 살벌하
다던 그 이름 없는 그가, 그리고 이제 우리들이 갈 것이
다
고난을 통해 투쟁을 통해, 흘리는 피땀과 눈물을 통해
이제 그가 일어설 것이다 이제는 이름 없는 네가
그들에 천진난만하게 일으켜 세워라. 1987. 10. 12.
조성애.

언니 1

공 광 규

정자나무 아래 모여
소꿉장난이나 공기놀이 가르쳐주던
언니는 떠났어요
중학교 졸업하던 해
아래뜸 순자 지지배 따라
방직공장 돈 벌러
돈 벌어 공책이랑 연필이랑
사온다며
고등학교 입학원서 쓰던 날 밤
그렇게 울던 언니는
엄마와 아버지가
입학금 걱정하시던 날
고등학교 안가기로 결심했다면서
이불 속에서 그렇게 울던 언니는
공장 갔어요
텃밭
감자꽃 닮은 언니는.

언니 2

공광규

어느 먼 도시
봄 하늘 밑 공장길
가다가 가다가
동네 앞 들머리 박차오르던
종달새가 생각나거든
간혹 간혹
고향쪽 하늘 보아주어요
푸른 들 푸른 하늘 사이
밤마다 밤만
동네 앞 지나는
기차 바퀴 소리에 묻어나는
언니 냄새에
봄 밤 뒤척이고 있을
꽃샘바람에도 웃던
철둑가 겨울초 꽃을
생각하셔요 언니.

미숙이 그년

공 광 규

어머니가 뙈기 감자씨 박던 날
아버지는 우시장 소장사 가셨지
빈 재삼태기 안에 해거름 가득 이고 어머니가 돌아오시
고
〈구름도 울고 넘는 울고 넘는 저산 아래〉 부르시며
지척지척 지친 소 걸음
봉화티 넘어 아버지가 돌아오셔
쇠똥 냄새 묻은 구겨진 쇠전돈 몇 잎 어머니 앞엘 털어내
시고
속 봉창에서 내놓으신 〈셀레민트〉껌 한 통
한 사람 몫 남기고 다 씹어 단물빠질 때까지
아버지 술주정과 어머니 만류가 지겨워
음방 이불 속에서 속 삭히다 잠들 때까지
〈새벽 종이 울렸네 새 아침이 밝았네〉 이렇게
새마을 노래가 동네 사람 새벽 잠 깨워
논 밭으로 내몰 때까지
사립문 깡통 방울은
미숙이 그년 오는 소리로
쩔렁거리지 않았지
그 해
설 쇠러 왔던 아래뜸
순자 지지배 따라서

방직공장 돈 벌러 가고 싶다던 미숙이 그년은
헛간 구석에서
몰래 옷 갈아 입고 나간 후
당최 돌아올 줄 몰라

강둑길을 가며

공 광 규

장대비 멀리
공장 불빛 말 없는 날
반란의 새로 날아가버린
네 이름 외우며
가랭이 걷고
새벽 강둑길을 간다

높은 곳에 있어 떠돌거나
멀리 있어 그리운 것이거나
가까이 있어 지겨운 것들도 다 내려와
다알리아 새순에 송송 열리거나
흙 속에 촉촉히 스미고
세차게 바람 불어
시린 나무 허리도 흔들리고
네가 꽃물 들이던 봉숭아도
송이째 쏟아지는 날

네가 등돌리고 흐느끼며 공장 가던 길
기억이 살아 흔들리는 강둑길을
지척지척 걸으면
풀벌레 강물에 울어
기억이 돌아온다, 누이야

공장 불빛 따라 날아간
그리운 새야.

김수정

조 재 도

해고통지서도 없었다
비웃음 흘리는 사내들에게 끌려나와
고향에 버려졌다
두개의 라면상자로 꾸려진 짐짝과 함께
저년은 빨갱이야, 말 한마디와 함께

자본과 폭력이 한뿌리로 얽혀진 땅
처음부터 너의 희망은 잘못된 것일까
가난하기 때문에 정규 고등학교 포기하고
충남방적 산하 예산 신례원 공장
산업체부설학교에 입학하여 공부하고 돈 벌어
홀어머니 동생들 뒷바라지 하려던
열일곱 너의 욕심은 지나치게 컸던걸까

발톱이 빠지고 관절염에 걸려도
말없이 저마다의 아픔 내색하지 않고
일만 하던 동무들 눈물 나는 동무들
그 동무들이
실밥처럼 연약한 서러운 동무들이
임금 인상하라! 작업시설 개선하라!
파업농성을 하던 날
처음으로 어깨 걸고 풀덤불을 이루던 날

그러나 주동자 색출 정신교육 강화
끝없이 이어지던 협박 공갈
감시 반성문 강요……

공장에서 해고된 후

그러기에 더욱 싸워야 할 과제가 분명한 이 땅에서
우린 너무 쉽게 절망하고
너무 쉽게 타오르다 꺼지는 것 같애

그러니 벗들이여
흐르다 둠벙에 고여 다시 흐르길 기다리는 물처럼
겹겹의 어둠 밀어내며 타오르는 불처럼
흐르며 타오를 것이니
타오르며 흐를 것이니
삶 속에
투쟁 속에
해방의 기나긴 이 길 속에.

공장 굴뚝들을 보고 있으면

이은봉

공장 높은 굴뚝들을 보고 있으면
쌓아올린 벽돌,
벽돌 하나의 신음소리가 들린다
들린다 온갖 숨소리가 다 들리고
젖은 숨소리가 들리고
어디, 누이의 감춘 치맛자락도 보이는 것만 같다

보고 있으면 있을수록
소문만 부풀고
헛배만 부풀고
쉬어빠진 눈물 하나
가로등 불빛 하나

젖은 불빛 사이로
누이의 첫사랑이 날리고
작부집 젓가락 장단이 날리고
우수수 쓸어내는 그리움
피빛 그리움

공장 높은 굴뚝을 보고 있으면
바보같이 나는
자꾸 흔들린다

숨소리도 꿈도 흔들리고
또 높은 굴뚝들도 금세 흔들릴 것만 같다.

편지
— 둘째 누이에게

이 재 무

고향의 안부 어깨에 메고
숨가쁘게 달려오다가
계룡산 눈길에 몇 번 미끄러져서
상처 뿐인 슬픔이라고
투덜거리며 찔레꽃 붉은 사연
건네주는 된바람에게
선뜻 손 내밀 수 없었다 누이야
가고 싶은 야간 학교도
포기해야만 했던 너의 청춘이
죽은 엄니 손때가 묻은
호밀 다시 잡았다는 눈물 읽고도
울지 않았다 누이야
네 또래들과 오빠가 버린
가쟁이밭 고랑고랑 퍼질러 앉아
온갖 잡초 가려 뽑으며
보리알처럼 영근 노래 부르겠다는
그 단단한 결심 읽으며 울지 않았다 누이야
재작년 식구들이 주소도 모르는 곳에
머슴으로 팔려간 둘째 재식이를 생각하면서
흙묻은 너의 웃음 떠올리면서
언젠가 오고야 말 새 날 그리며

너의 노래 기쁨꽃으로 필 날을 위해
지금은 차라리 울음 아낄 때
구절구절 한숨 뿐인 고향 읽으며
누이야, 끝끝내 울지 않았다

시흥 2동 9
— 소꿉친구 미숙이는

김 재 덕

바람 따라 훌쩍 떠나는 미숙아
시흥동 산허리 밀며 달이 차오면
열여섯살 미싱보조였던 네가 보인다
꼬막꼬막 단칸셋방 다섯 식구 위해
검정빛 울음 새벽녘에 흘리며 공장길 갔다
같은 또래 여학생만 봐도
부러운 눈빛이 부끄러워
골목길 돌아돌아 산비탈로 무너져 와선
비밀문서마냥 감춰둔 책가방 보듬고
아빠 아빠 왜 무덤되어 서 있나요
잔디에 얼굴 묻고 울었다
용돈 안 준다고 떼쓰는 동생들에게
내 몫까지 공부 열심히 해 이 설움 면하자
달래온 십여 년에
미싱소리만 들어도 별빛 젖은 어지럼증이 쏟아져
엉덩이가 푸르스름히 떨려온다 했다
저금통장이 동생들 따라 쑥쑥 자라면
전셋방 마련하는 것이 꿈이라던 미숙아
쑥물든 가슴 짓누르며
목댕기 묶는 연습하던 시흥동,
개발 제한 구역 푯말 스다듬으며

훌쩍훌쩍 구름도 울리며 가는
미숙아
어느 지하실 미싱틀에 붙잡혀
으깨어진 꿈을 박음질하고 있느냐

강성아

정 안 면

산동네 가마니골에도 눈물꽃 피는
봄밤은 깊어가고
우리들은 오늘 절망의 편지를 쓴다.
성아여.
꽃피는 청춘 열아홉 소녀 가장이여.
펄럭이는 현실의 거짓 호화로움 앞에서
네 남긴 뼈아픔의 사랑은
눈물꽃 일기장 별빛으로 쏟아지고
저희들 선진조국 넘치는 잔 속에는
네 못다한 삶의 희망들이 진정
한 핏줄로 흐르고 있었을까.
기만과 거짓의 오색 네온사인 불빛 아래
살아 바둥대며 이루지 못한
너의 눈물꽃은
오늘 차라리 깨끗하구나.
열아홉 성아야.
내일 당장 빛나는 올림픽이 열리고
모래바탕 프로씨름 지폐다발이 내리 꽂아질 때
너는 봉제공장 깊은 별밤
여섯 식구의 목구멍을 촘촘히 기우며
한 잎 눈물꽃으로 피어나고 있었지.
못다한 배움의 밤을 밝혀

네 처절한 삶과 싸우고 있을 때
오늘 죽어가야 할 이름들은
반질반질 윤기나는 밤
주지육림의 숲 속에서 흐느적거리고 있었지.
네 신새벽 찬 이슬 속 파르르 떨고 있는
하얀 꽃잎으로 지고 있을 때
네 몸 찬 기운으로 식어갈 때
너는 눈물꽃 유서 한 장으로 하늘로 가고
오늘 너의 죽음은 너만의 죽음이 아니구나
우리 모두의 죽음이구나
오늘 우리들의 유서구나, 성아여.

마산 엘레지

정 일 근

함안 의령 어느 빈촌이 아니면
함양 산청 그 어느 두메산골
겨우 중학을 졸업하거나
월사금이 밀려 쫓겨난 그해
마산 마산 소문만 듣고
자유수출 창원공단 달콤한 소문만 믿고
달 뜨지 않는 밤
둘둘 삼삼 짝을 지어
꿈에도 그리운 마산으로
마산으로 오는 순이
열넷 열다섯 나이를 속이고
사촌언니 주민등록 초본을 빌어
한 삼사 년 길게는 사오 년
우리나라의 수출 역군이 되어
두고 온 고향 정든 땅 그곳으로
막내동생 철수의 밀린 월사금
아버지의 농협빚 이자 꼬박꼬박 보내지만
어쩌다 일본 사장 가짜 대학생에 속고
더러는 공순이 생활이 너무나 아득하여
마산
마산이 아니면 진해 충무 울산 삼천포.
이 다방 저 술집으로

순이란 촌 이름은 벌써 잊어버리고
미스 문 미스 민 다혜 경아 혜리로 떠돌지만
그래도 마산으로 마산으로
어둠을 밟고 오는 순이
그런 순이의 눈물들이 모여 이루는
더욱 커다란 마산의 슬픔 아아
마산 엘레지

야학일기 3

정 일 근

선생님 저도 시인이 될 수 있나요
왼쪽 다리를 심하게 저는 혜옥이
수요일 문예반 수업이면 야근까지 빠지며
시 속으로 다리를 절며 온몸으로 걸어오는
혜옥이, 분홍색 도화지로 예쁘게 표지를 입힌
네 문집 제목이 희망이듯이
험한 세상 오직 시를 희망이라 믿으며
가슴에 푸른 별 하나 품고 사는 문학소녀
우리 시대의 밥도 칼도 아닌 시를
오직 희망이라 믿으며 사는 너에게서
시는 제 값을 찾아 반짝이나니
네 눈물 하나하나가 시가 되고
내 슬픔 하나하나가 별이 되어
어두운 밤하늘 높이 더 높이 올라가
우리나라의 가장 빛나는 별이 되리라

야학일기 5

정 일 근

봄소풍 날짜를 예고한 자정 가까운 종례시간,
선생님 우리는 소풍도 달밤에 갑니까
선반공 용수의 우스갯소리에 잠시 웃음이 일고
나는 본다, 웃음보다 더 크게 밀려오는 어두운 침묵을
아이들 얼굴에 깔리는 우리 시대의 무거운 죄를.
창경원에는 밤벚꽃놀이가 한창이라는데
창 밖 목련꽃도 저리도 환하게 꽃등을 켜고 있는데
우리들의 달밤이 너무 참담하고 아프구나.
미싱공 옥희는 토요일 철야를 계획하고
인쇄공 수길은 무단결근을 결심하는
일요일 하루의 봄소풍을 위해 두런두런 낮은 목소리들,
그래도 열일곱 나이는 속이지 못해
이내 지지배배 지지배배 즐거운 봄제비 같은 우리 아이
들아
그래, 우리도 대명천지 밝은 발에 봄소풍 가자
우린들 즐거움이 없어 노래하지 못하랴,
우린들 신명 없어 춤추지 못하랴.
막차 시간에 쫓겨 뛰어가는 요란한 발자국 아래
쓸쓸히 빛나는 사월 달밤은 잘게 부서지고
아직은 우리가 함께 걸어가야 할 어둔 길이 보인다.
힘차게 밟고 뛰어가야 할 먼 길이 보인다.
나는 부끄러웠다 어린 누이야

빈 테이블
— 싸우는 노동자 박경이씨 생각나고……

이 광 웅

새로 부임해와 받게 된
새로 들어온 빈 테이블.
반들반들한 검은 칠이 아름답게 칠해 있네.
교단을 떠난 지 만 6년 만에 다시 그 앞에 앉아보는 테이블
아무것도 놓이지 않고
먼지만이 묻어 있네 빈 테이블.
이 테이블 앞에 앉기 위해 얼마나 많이
바다는 울부짖었고
얼마나 많이 날벌레떼 눈보라 앞에 휩쓸려
아우성이었던가.
고통은 바다가 될 수밖에 없었지.
몸부림 맘부림은 날벌레떼 될 수밖에 없었지.

그러던 테이블 앞에 앉으니 문득
한 처녀 노동자 커단 눈물방울 생각나네.
1,500만원을 줄 테니 복직싸움 거두라는
유혹 어린 회유에도 굴하지 않고
당당히 싸워 자리 찾아 오랜 시련의 성상 끝에
떠났던 미싱대 분신인 양 끌어안으니 자신도 모르게
흐르던 눈물.
온 우주를 담고 있던 그 커어단 눈물방울

내 떠나야 했던 교무실 테이블 앞에 나 돌아와
다시 앉으니 그 커어단 눈물방울
내게 돌아와
오래 가물어 메마른 논바닥 같은
내 금간 가슴을 적시네.

그 여름
— 점례이야기

박 영 근

람보 영화 보았을 때던가,
신나는 무차별 사격에
덤핑으로 얻은 식민지 여자
늘어진 젖가슴 물고 웃던 U. S. A.
하나님도 보따리로 내다 파는지
물 건너 성경책 하청 오다
지겹도록 밀려오던 여름

핸드카 밀며 밀며 오뉴월 파김치 되어
흐들흐들 떨어져 나가는 몸뚱이
악으로 받치고 풀풀 쌍소리 내뱉던 그 여름
나는 점례를 만났다
나오시 나오시 탈 일 늦으니 탈
여시 같은 조장년 온갖 까탈에
얼굴 시퍼렇게 질려하던 애
한마디 우기지 못하고
맹물같이 당하며
무슨 부끄러움이라고 눈물만 그렁그렁 하던 애

"하느님이 무엇인지 좌우간 웬수 덩어리여.
좋은 말은 혼자 다 함시롱,

날이면 날마다 쌩작업으로 찾아와설랑
젠장맞을 철야까지 시키니, 원.”
둑 건너 안양천 비린 물냄새
바람을 타고 넘어오던 밤
환히 지금도 생각난다.
내 거친 손 잡으며 수줍게 웃던 점례.

경실이

박 영 근

경실아, 아직도 우리는 그 아이의 이름을 모른다.
마지막 그 무슨 그리운 고향땅 팍팍한 고개
눈물바람처럼, 열아홉 다 내주고도 끝내 줄 수 없던
순정처럼 네가 남기고 떠난 핏덩이.
소문도 없이 3공장으로 전출된 이과장
더러운 멱살 한번 흔들지 못하고
공순아, 공순아 밑바닥 끝까지 후려패는
다른 세상의 눈빛들 속을 절뚝거리며
산 언덕받이 싸구려 조산원을 더듬어 내려오던
우리의 이름도 모른다.

무엇일까, 떨다 떨다 잠 깨어 쭈그리고 앉아
바라보는 신새벽
함께 눕던 자리 기숙사 벽 도배지 위에
하얗게 얼어붙은 성에 아래
죽어 있던 수 백 송이 꽃들일까.
아아 비명 소리를 내지르며 기계는 다시 돌아가고
기계는 돌아가고, 돌아가는 만큼 짓밟히는
삶은 어디서 멈추는 것일까 경실아
네 죽음을 가리키는 허전한 손짓 위에서 타는
저 푸른 하늘이 우리의 이름일 수도 있을까.

공장 비나리 1
— 일기

박영근

일터로 돌아가고 싶다, 하지만
나는 일도 하지 못하고 돈도 벌지 못한다.
남들 하는 말이, 나 같은 것은
작업복 쪼가리보다도 쓸모가 없다고 한다.

병들어 썩어질 몸,
늙은 에미는 반겨줄랑가,
진학도 못한 동생 성민아,
서울 가서 돈 많이 벌어 왔느냐고 묻지 말아다오.

정말 이 너른 세상 바닥에
아무도 없는 것만 같다. 산다는 것은 무엇일까.
묻고 싶다. 땀방울도 야근하던 숱한 밤들도
더럽게도 무심하게 씻겨가버린 세월,
무엇 때문에 나는 높은 공장 굴뚝 같은 곳에서
그만 떨어져버린 것일까.
뒤돌아 보지 말자, 살아야 한다.
깨무는 입술에 피는 흐르고
개새끼 개새끼 나쁜 사람들……,
욕설과 눈물 속으로 뻗치는
그리움 속으로 달려오는 앞날들.

일을 하고 싶다,
목구멍에 더한 냄새와 먼지와 가스가 쌓여서
가랫덩이 더 붉은 기침이 쏟아질지라도
일을 하고 싶다.

서울 가던 날

경님아, 이름 한 번 부르지 못하시고
마당에도 텃밭에도
참미나리 하얀 꽃 같은 서리
내려앉은 새벽. 아버지
큰 병원 한번 다녀오시지 못하고

　　　너후 너후 에이넘차 너후 간다 간다 나는 간다
　　　휘영청 달 밝으며 기다리는 주인일까
　　　외까막눈 반짝이는 다순 낫날 버려두고
　　　너후 너후 에이넘차 너후 간다 간다 나는 간다

큰 돈 벌러 서울에 갔다더니, 오빠는
무얼 하다 왔는지. 소주나 한병 취하면
쐬주나 한병 살아온 날들을 잡아 흔들고
오래동안 잠들지 못하면서 밤개 짖는 소리에나
구겨진 몸 기대이면서
비 묻었다

비묻었다

이 풀 저 꼴 짊어지고 내려가자
비 묻었다 옛 말도 감추고
서울보다 더 먼 곳엔 누가 살고 있는지
비 맞은 농약병들 걷어차며 또 떠나야 한다고
입술을 깨물었다.

　　　너후 너후 에이넘차 너후 스물여덟 상두꾼아
　　　이내 평생 흘린 눈물 찬서리로 떨어지고
　　　북망산에 간다 한들 바닥살이 아니드냐
　　　에이에이 에이넘차너후 에이에이 에이넘차너후
　　　명년이라 춘삼월에 꽃 피며는 돌아올까
　　　저 건너 마포벌에 새 세상이 찾아들면
　　　너후 너후 기러기 따라 저 강나루 건너오까

학교를 갈라 하면 눈물이 나올라 한다
구구단보다 먼저 손바닥 시퍼렇게
새겨지는 잡부금들, 살구꽃은 살구꽃
바람 맞으면 개살구 동생은
자주 울었다. 죽고 싶은 것은
어머니 뿐이었을까, 열 여덟 살
빈 들판같은 바람이 불어왔다.

경님아, 밤기차 어둑한 창가에 기대여
서울 가던 날
손 한 번 흔드시지 못하고
번지는 들판의 불빛들 속에서. 어머니

손 한번
흔드시지 못하고

처음 받은 급료봉투

해종일 궂은 비 내려
곱던 찔레꽃도 다 떨어지고,
스카프도 작업복도 다 적시며
야적한 박스들 나르던 날.

준비다이 위에서 김반장
고함소리 높아도
궂은 비는 궂은 비
작업 시마이 벨이 울리고
다 헤진 장갑 위에서 일제히
납땜인두가 세워지고
윤경실 정순아 김숙진……이경님
급료봉투를 받았다.

신발을 살까 고운 하늘빛 치마를 띄울까
야시장에 나가 순정이년과 떡볶이를 먹을까
아니지 적금통장을 만들어야지,
옷가게도 비켜가고 신발가게도 지나치고
궂은 하늘에 떠오르는
열 여덟 분홍빛 꿈을 따라가다
싸구려 떡볶이 좌판도 비켜가고

말없이 입술 깨물다
그래, 편지를 써야지.
성민아, 얼마나 반가운 첫 급료봉투인지 모르겠다. 부치
는 돈은 손바닥보다 작지만, 어머니 검정 몸빼는 말고 고
운 치마라도 한 단 끊어드리고 너도 진학은 못했지만 누
나가 더 넉넉해지는 날 서울에 오면 야간학교에 갈 수 있
으니 책 한두 권이라도 사보아라. 지금 누나는 얼마나 기
쁜지 모르겠다, 성민아.

젖어도
젖어도
젖지 않는 것들을 보면서
달래 먹고 다그러지고
살구 먹고 찌그러지고
앵도 먹고 앵돌아지고
……아주 작게
희망이라고 불러보았다.

바보 같은 이경님

시린 조막손들 난로가에 모으고
엘레강스, 바라볼수록 작은 눈빛들 걷어차는 페이지 위
에서
울음인지 웃음인지 킥킥거리다
작업벨 소리에 서둘러 흩어지는
한겨울 작업장, 때없이 몰려오는 눈발이

유리창을 두드릴 때 웬지
잘 다린 작업복이 부끄러웠다.

먼 나라에서 오-다는 자꾸만 밀려들고,
까맣게 달려드는 콘베이어 벨트 위에
불량품은 쌓여서
검사부 언니들 쇳소리가 날아와도
어지러운 회로 위에서 엘레강스
못 다 읽은 페이지들 끝도 없이
야시장 싸구려 옷가게 머뭇거리던 시간들을 가리키며
넘어갈 때, 문득 손등에 떨어지는 인두를 잡아주며
등 뒤에서 웃고 있는 야식 식권.
철야 빠질 사람 손들어요
반장님 오늘은 오늘은……
쌍소리가 세차게
스카프를 후려쳤다.

무엇일까, 손이 올라가지 않는 것은
수당 때문일까. 두려움 때문일까.
울타리 너머 불빛 속에서나
무심히 써갈기는 볼펜 아래에서나
근로자를 가족처럼……
현수막 위에서나 환히 웃고 있는 노동법,
어려운 행간을 더듬다
소리와 먼지와 냄새를 더듬다
멀어버린 까막눈 탓일까.

앞집의 영자는 팔자가 좋아
비공단옷을 몸에 걸치고
뒷집안의 순자는 팔자가 나빠
작업복의 공순이 신세
……정순이 엉덩이를 치며
절룩절룩 수리사 곽씨 달아날 때
심야방송도 끝이 나고, 열심히 살자
올바르게 살자 억울함 위에
작업다이 위에 그어지는 칼자욱들
눈물이 더러는 힘이 되었다.

눈발 아래 흐느끼던 세상도
콘베이어 벨트도 형광등 불빛도
눈 덮인 안양천 키도 낮추고
지붕도 숨기고 엎드린 철산이
얼어붙은 배추밭에 잠드는
밤 3시나 4시.

잠시 눕힌 몸 홀로 일으키고
유리창가에 서서
전북 부안군 행안면 월암리 이경님
바보 같은 이경님
번지는 성에꽃 위에 편지말을 몰래 접는
눈빛 속에 고이던 것은
눈물이었는지 배우다 만 교과서였는지.

나의 살던 고향은

봄날이 다 가도록 어둡던 화단 한 구석에 피어
날마다 반갑더니
궂은 비 내려 참꽃도 떨어지고,
몰라라 돌아누워 버릴까
허드렛 몸 떨리도록 달마다 살갗을 찢어도
언제나 쓰지 못한 생리휴가서
빗줄기 아래 또 구겨지고
내일은 야유회 가는 날

라인을 돌며 반장의 눈빛도 팽개치면서
수리사 곽씨, 아나 떡 아나 돈
빗소리도 장단이 되는지
흐린 하늘에 주먹도 먹이면서
보리대 가락에 신명을 돋을 때,
어두운 화장실 낙숫물 떨어지는 소리에 매달려
붉은 하혈 쏟아내며
열 손가락 마디마디 캄캄하게 맺히는
일당을 세었다.

흙탕물 고이는 공단 뒷길 물웅덩이 속으로
밀리는 눈물들 밟히는 가로수 나뭇잎들
어지러운 이마에서 타는 빗방울들, 자주 빈혈이 찾아왔
다.
나의 하루 생활을 생각하면 참 우습기조차 하다. 일하고

먹고 자고 일하고 먹고 자고⋯⋯하지만 더 열심히 일해
야 한다. 이 악물고 돈을 벌어서 늙은 어머니도 보태주어
야 하고 저축도 해서 시집갈 장만도 해야지. 군것질도 하
지 말고 반장님 말씀마따나 특근도 철야도 해서 잘사는
집 아이들같이 앞으로나마 잘살아야지⋯⋯그리고 착한
남자와 만나 연애도 하고 싶다.

오래도록 어디선가 교회당 종소리 들려오면
엎드리기도 하다가
중중 까까중
접시 밑 핥아중
생각나는 친구들 이름들 쓰면서 웃기도 하다
내일은
야유회 가는 날, 봄빛 치마 두르고
거울 앞을 서성거렸다.

이것이냐 저것이냐
벙거지춤이 들어간다, 수리사 곽씨
자꾸만 정순이 곁을 맴돌아
야지소리 날아들고
짠지아줌마 만담에
박수를 치며 웃다, 누가 먼저
시작했는지⋯⋯
꽃 동네 새 동네 나의 옛 고향
파란 들 남쪽에서 바람이 불면
냇가의 수양버들 춤추는 동네

그 속에서 살던 때가 그립습니다
……어린 몸 기대며 언니
경남이 언니, 고향이 가까운 중막골
열 일곱 순애가 울고
고향은 멀어서 잔별들처럼
더 가득하게 밀려오고,
어디선지 세상 밑바닥을 때리며
우우우 소리 치던 밤파도 소리.
절룩절룩 걸어가다 쓰러지는 곽씨
서러운 나이를 내던지며
죽어야겠다고 소주병을 깨뜨리고

공장누나

김 낙 환

새벽마다 고동소리
뛰-나면은
우리누나 일어나서
찬밥 먹고서
고치 캐는 공장으로
울며 가지요

왼종일을 공장에서
일을 하건만
누나 나이 어리다고
인색하게도
품삯은 겨우겨우
십전 주지요

해가 져서 컴컴한
저녁이 되면
하늘에 뜬 별들을 동무 삼아서
십리나 먼 길을
걸어오지요

여직공

상 민

땟국에 절은 해어진 부르-스와
뒤축 물러난 고무신으로
나는 지금 사람의 물결을 뚫고
걸음 바삐 공장에 간다

자가용 자동차에 실려
미끄러지듯 달아나는 기름진 신사에게
나는 뜨이지두 않을게다
누런 여우털에 쌓여 냄새 풍기며
고운 맵시 보이려 나온 계집은
낯살 째푸리며 길을 비킨다
값진 비단옷이 더럽는다구

비웃을 대루 비웃으렴
업신여길 대루 업신여기렴
다섯 해 내리 가물과
우박보다 무서운 공출 난리에
비단 짜는 공장에 팔려온
나는 강원도 두메 소작인의 딸
굽높은 뾰족구두와 여우 목도리와
호사스런 신사가 부럽지 않다
꺼스름 이는 손가락으로

여윈 얼굴로 자랑스럽다 이렇게

오늘 아침두 한톨 쌀이 없어
멀건 비지 찌개에 창자를 데우고
시골엔 추운 겨울에
홑것을 감고 계신 행랑살이 아버지와
눈깔사탕이 먹고 싶다는 어린 동생이 있다
궁한 살림이 그냥
어둠과 슬픔을 벗어나지 않지만
나는 지금 황홀한 앞날을 안고
그러나 참기 어려운 분노를 누르고
공장에 간다

공장의 싸이렌아!
오늘두 또 어린 가슴을 놀래키고
가녀린 몸뚱이를 위협하느냐
이젠 고만 희망의 나팔처럼
이 소녀를 참새처럼 달맞거리게 하라

그것을 결코 꿈이 아니란다
오늘두 연약한 육신을 팔아
공장주를 배불리기 위해 간다만
우리는 일터와 일을 통해서 싸운다
우리의 노동으로 짜낸 비단이
우리의 헐벗은 몸에 감길 수 있구
수고하는 오빠들의 옷깃을 빛낼 수 있는

그날

팔마구리처럼 넘나드는 북과
들어가는 바퀴와
짜올라가는 비단에
새앙쥐 노리는 고양이처럼
자미롭게 정신이 팔릴게다
심장을 뒤흔드는 기계의 요란한 소리두
싫지 않게 살 속에 주며
묵은 시대의 비밀과
새로운 날의 예언이 속살일게다

날마다 쉬는 시간이 오면 사내 동무는
○○○○의 모순을 이야기한다
그것은 신기롭고도 참된 이야기다
나는 지리한 날을 속아 산 것과
굶주린 추억과 현실에
다시금 입술 깨물고 낯을 붉힌다
그리구 새로운 결심과 맹세를 갖는다

저녁이면 모여앉아
오늘 하루의 피로를 이야기하구
오늘 하루의 생활을 반성하구
다음날의 투쟁을 의론한다
열두 시간 일 끝에
세 끼 쌀값이 모자라는 품값!

품값을 올려다구
일하는 시간을 줄여다구
노동자가 지지리 천대받던 노동자가
당당히 정치의 지리에 서서
노동자의 요구를 주장할 수 있는
○○의 나라를 하루바삐 세워라

기름진 신사야
다시 무슨 흉계를 꾀하려 싸다니느냐
사치스런 아씨야
무명지에 끼인 금반지를 벗고
너희두 일을 하고 먹으려므나
일하는 사람만이 근로하는 사람만이
나라의 기둥이다

모두들 아직 주리구 속아 살지만
보아라 우리에게 자라가는 조직이 있다
우리는 오는 날의 믿음이 있다
부르-스 주머니에 숨은 야무진 주먹이 있다
어느 무리 있어 섣부르게
이 벌의 집을 불지르랴느냐 오거라

굴뚝 버텨 솟은 저 공장이 완전히
우리의 손아귀에 들어오면
시골에 계신 아버지 배를 문지르구
어린 동생 마음껏 눈깔사탕을 먹구

나는 일에 충실한 사내 동무와
아름다운 언약을 이야기하련다
나는 영웅두 정치가두 아니다
한 개 근로하는 공장 노동자
허리 굽은 소작인의 딸로
무리에 끼여가며 이렇게 자랑스럽다

아아 공장은 나의 위대한 일터
나의 신성한 학교다
기쁨을 머금고
분하길래 도로 희망을 안고
나는 간다 일하러 나의 공장으로

아카시아꽃 피면

공 광 규

이년아, 아카시아꽃 피면
미치도록 그리운 년아
바람이 푸른 치마자락 휘감을 때마다
젖살 타는
잘리운 열 여덟 젖살 타는 처녀 냄새가
오월 지천에 스미는구나
음료공장 과일 파쇄기 앞에서
너와 동갑이라는 명순이
강원도 산골 계집애가
흔적도 없이 파쇄 되었다는
그래도 〈저도 죽고만 싶어요〉라고
〈처음이자 마지막으로 오빠에게만〉 보낸다는
송신인 주소가 없던
네 편지 받은 지 오래다마는
이젠 바람에 흩어지는
꽃 한 잎파리만큼도 소식이 없으니
그립고 그리워 미치도록 미운 년아
해마다 아카시아꽃 피는
네가 집 나간 오월만 오면
설움이 오면
지겹도록 지겹도록
꽃 향기 탄 내가 나는구나.

황숙이

안 성 길

어둠이 빛을 이긴 적은 없단다 황숙아
무엇을 물어도 미명의 명명한 질량처럼 출렁이던
네 검은 속눈섭 밑 깜깜한 하늘로 어느 날 문득
광풍이 해바라기처럼 빛나는 고호의 어금니 두 개
그 서늘한 인동의 불내음과 마주치는 순간 나는
오오 온 몸뚱어리가 칼처럼 조여드는
모서리의 끈끈한 눈물 훔치고 말았구나
언제나 반편으로만 기우는 너의 진실 앞에서
사람들이 모두 참으로 헤픈 몸짓으로 허물어지면
그만 너는 아무데고 풀썩 무너지고
질경이 풀꽃같은 언니들이 달려나와
너를 일으키고 새하얀 네 스커트에 엉겨붙은
흙먼지를 떨어내면 시린 물소리로 퉁겨 오르며
가을처럼 맑아지는 네게서
곤곤한 세상마저 물처럼 말갛게 비워지던 것을
순순히 지켜보며 착하게 살기보다
현명해지기를 더욱 바라는 젊은 선생의 고단한 속을
너희가 알구나 싶어 그저 고마웠지만
동원 예비군 소집 점검에 발목 잡히어
밤새워 꽃별들 피고 스러져 해 뜰 때까지
일하고 등교한 너희를 자습시키고
울산 비행장 앞 뜰에 나가 아등바둥

수마에 쓰러진 벼 하나하나 일으키다 보면
나는 꼭
종례가 끝나도 어룽어룽 잠에 익어 엎드려 있던
너희만 같아 쓰러진 포기 하나 하나마다
온 몸뚱어리로 힘주어가며 세우는데
황숙아
어쩌다 뿌리째 뽑혀나가
텅 빈 자리를 만날 때는
그만그만 내 젊은 땀방울들은 텅텅 떨어져
무욕의 물무늬만 발 아래 분분할 뿐
참 막막하더구나 그러나
이제금 겨울이 천리 지척 다 재우고 암만 어두워도
개쑥부쟁이며 풀꽃들은
우와우와 또 몰아 피어날
이 땅에
모둠발 풀어 내딛고
불처럼 벌떡이는 온몸의 힘살로
김장무우 같은 팔뚝 힘차게 일으켜
겨울산처럼 서면
세상 가장 낮은 시궁창 뻘 흙구렁으로 꽃 피워내는
물색 연연한 연꽃 한 송이로
우린 살아 숨쉬는구나
참으로 당당한 고통 혹은 불꽃의 생애로.

윤미옥

안 성 길

불먹은 지겟작대기에도 꽃물이 오른다는
춘삼월 참꽃 봉오리 같은 열여섯살에
중학교 일학년인 미옥이는 잠속에서도 잠이 오는
스물 아홉 실업학교 국어선생인 나보다 월급이 많은 아
이
강처럼 끊임없이 흘러오고 흘러가는 몸과
마음 모두를 섞어 웃고 또 울먹이는
사람들의 흉금 같은 안개와 안개속 헤매다 보면
청보리색 더듬이 지닌 아이들은
저마다의 별 이름 부르며
잔업과 잔업에 익은 손으로 세상을 만나지

험한 세상일수록 질경이풀같이 살던 사람들이
열심히 더욱 열심히 넋조차 사루던 사람들이
참으로 갑자기
겨울날 가랑잎처럼 스러져 갈 때
죽는 일이 사는 일인 줄은
오래전에 배웠는데
교탁 넘어 창가에는
흰눈이 쌓이고
해일처럼 끓어오르는
내 젊은 심장에도 폭설이 져

잠이 잠이 무더기로 쏟아져버린 국어시간
신은 동기가 순수한 사람을 마침내는 구원하시고야 만다
는
불칼보다 금금한 간디의 믿음에 풀색의 이마 기대고
선생인 나도 하염없는 하염없는 잠속에 빠지고 말았지
만.

제사직공녀(製絲職工女)의 노래

김 동 선

불 안땐 방에서 눈떠 새우고
조 밥에 목메어 찬물 마셨네
　　아이공 데이공 못살겠구나

고칫내 역하여 얼굴 찡글며
끓는 물 속에다 손을 데웠네
　　아이공 데이공 어떻게 사나

감독놈 상판에 매서운 눈알
피할 수 없어서 실을 뽑았네
　　아이공 데이공 지옥이로다

공부를 시킨다 아이우에오
피곤한 몸이라 졸고 말았네
　　아이공 데이공 글이나세나

못살아 못살아 나는 못살아
이놈에 공장엔 나는 못살아
　　아이공 데이공 참말 못살아

(3행 생략)*　　　*생략부분은 검열에서 삭제당한 곳임.

어느 여공(女工)의 노래
— 20분간의 5월

이 동

5월을 즐기다니—
여보셔요 당신이 하시는 말씀은 무엇을 의미하는지 알
수가 없어요
즐길 만한 5월,
아니 20분간의 5월을 어떻게 즐깁니까

당치 않은 소립니다
생각하면 어슴프레 머리를 도는 어릴 때의 5월밖에는 없
읍니다

고향에서 먼 이곳 공장에 들어올 나이가 차지 않았다고
가난한 계집애 귀여운 딸이었던 나는
날마다 날마다 어머니의 일 거들거나 그렇지 않으면
앞엣솔밭에서 품팔이 솔 치는 아버지에게 점심을 이고
가거나 했어요
산을 기어올라 가면 도끼로 나무찍는 소리가 쩌렁쩡 쩌
렁쩡 하고 들려왔는데
힘차고 우렁찬 소리라는 것을 그때 어린 나도 생각했습
니다

"아버지 진지 자셔요" 하면

아버지는 도끼를 땅에 놓으시고 말없이 진지를 잡수시는
데……
아! 나의 아버지는 위대하였어요
아버지의 오른편 이마에는 칡넝쿨 같은 힘줄이 굽이쳐
있었어요

밥그릇을 가지고 산을 내려오면서 뒤를 돌아다보면
아버지는 골짜기 바위 밑에 엎드려 물을 마시고 계셨어요
어린 마음에도 가슴이 결리던
5월은
지나간 지 7년—

지금도 고향의 하늘 아래서
굶주리는 아버지의 늙고 거츠른 손을
7년째 5월을 모르는 열일곱의 딸 굳세인 여공은 받들어
절합니다

5월을 즐기라고요?
하루에 오전에 10분 오후에 10분의 5월을 즐기라고요?
그런 말씀은 하지를 말아 주십시오
즐기는 것은 그만두고 그 포근한 하늘도 한번 못봅니다
햇빛조차 들어오지 않는 유리창 속에서
쉴사이 없이 돌아가는 기계 또 기계……
우리는 기계와 한가지 돌아가는 직공(職工)입니다

20분간의 5월이야요
오전 오후 단지 20분간의 5월이야요

134

여직공의 죽음

함 효 영

따스한 봄볕이 멀리 서산으로 넘어간 뒤
붉은 놀만이 잿빛어린 산허리를 어루만지는 황혼에
그대는 아까운 젊은 몸을 물 위에 던지고 말았구나
굽이굽이 흐르는 한강(漢江)물 위에

가난한 젊은 누이여
엊그제 레-르 위에 몸을 끊은 그 두 여성의
하얀 손이 그대를 부른다 해도
그렇지 않으면 그들의 죽음이 세상을 뒤흔들었다 해도
그대는 결코 죽음을 선택하지 않았을 것을……

왜 그대는 한 자의 유서도
한 마디의 부탁도 없이
그만 세상을 뜨고 말았는가

오! 그리운 조선(朝鮮)의 가난한 누이여
내 지금 가슴이 미어져
그대의 죽은 원인을 묻지를 못하겠다
그러나 나는 안다
몸이 아프다고 공장을 나와 그 길로

죽음을 밟아간 그대의 신세를 그대의 마음을……

새벽부터 밤까지 피땀을 흘리어도 단돈 삼십전—
그것 가지고는 늙은 부모와 어린 동생의 주린 배를 채울
수 없더냐
이렇게 빈곤과 싸우다
싸우다 못해 그만 물 속에 네 몸을 장사지냈고나

'동요' 언니의 노래

손 길 상

뛰-뛰 공장에 고동소리가
아침해도 돋기 전 들려서 오면
나는 혼자 공장에 달려갑니다

저녁때에 시계가 일곱시 치면
온종일 공장에 일을 하고서
동무들과 모여서 집에 옵니다

일년동안 이렇게 공장 안에서
하룻날도 안쉬고 일을 하여도
배부르게 한번도 못먹어 봤네

공장감독 오늘도 나가라 하데
우리보다 값싸게 주어서라도
일 시킬 일꾼들 많이 있다고

여직공

유 완 희

봄은되었다면서도 아직도겨울과 작별을 짓지못한채
— 낡은민족의잠들어있는저자위에
새벽을알리는공장(工場)의 첫고동소리가
그래도세차게 검푸른하늘을치받으며
삼십만백성의귀결에 울어나기시작할때

목도*네다치어죽은 남편의상식상(上食床)*을
미처치지도못하고 그대로달려온
애젊은아낙네의가쁜숨소리야말로……

악마의굴속같은작업물(作業物)안에서
무릎을굽힌채 고개한번돌리지못하고
열두시간이란그동안을보내는것만하여도 — 오히려진저
리나거든
징글징글한감독(監督)놈의 음침한눈짓이라니……
그래도그놈의뜻을받아야한다는것이이놈의세상-.

오오조상(祖上)이여! 남의남편이여!
왜 당신은이놈의세상을그대로 두고가셨습니까?
— 아내를말리고 자식을애태우는……
*목도 : 무거운 물건이나 돌덩이를 얽어맨 밧줄에 목도
채를 꿰어 어깨에 메고 옮기는 일.

*상식상(上食床) : 상가(喪家)에서 아침, 저녁으로 궤연
앞에 올리는 음식상.

권양에게

김 남 주

나는 당신을 모릅니다
당신의 이름도 당신의 얼굴도 알지 못합니다
내가 다만 아는 것은 당신에 대해서 아는것은
당신의 성이 권씨라는 것
대학생이라는 것 위장취업잔가 뭔가라는 것
그런 당신이 노동자와 아픔을 나눠가졌다는 것
바로 그때문에 당신이
착취계급의 폭압기관에 끌려가 성고문을 당했다는 것 그
뿐입니다

그런데 권양 내가 알기로는 이 알량한 자유대한에서
당신이 성고문을 당한 최초의 여성은 아닙니다
수많은 여성들이 처녀와 아이 밴 어머니들이
착취계급의 고문실에서 육체의 학대와 수모를 당했습니
다
벌거벗기를 강요당하고 그것을 거부하면
빨갱이 딸도 부끄러워할 줄 안다며 조롱당하고
실오라기 하나 걸치지 못한 채 젖가슴을 희롱당하고
수갑을 뒤로 묶인 채 고문실의 칠성판에서 능욕당하고
그곳에 봉을 박고 입을 벌린 채 숨을 거두었습니다

어떤 어머니는 집에 숨어 든 유격대원에게

찬 밥 한 덩이 치마 밑으로 건네줬다 해서 그랬습니다
어떤 소녀는 노동운동을 하는 오빠의 행적을 대지 않는
다 해서 그랬습니다
어떤 처녀는 선두에 서서 자유만세를 불렀다 해서 그랬
습니다
독재를 거부하고 민주주의를 외쳤다 해서
불의에 저항하고 착취에 반대하여 주먹을 치켜들었다 해
서 그랬습니다
질서와 안보의 이름으로 용공과 좌경과 반공의 이름으로
아니 자유민주주의의 이름으로 그랬습니다

권양 당신은 이 기막힌 대한민국에서 성고문을 당한 최
초의 여성은 아니지만
최초로 성고문을 폭로한 여성입니다
나는 알았습니다 당신을 통해서 용기가 어떤 것이라는
것을
자기 희생이야말로 모든 용기의 으뜸이라는 것을
나는 또한 당신을 통해서 깨닫게 되었습니다
착취계급의 재산과 특권을 지켜주고 강화해 주는 것은
한 줌도 안되는 그들이 수천 수백만의 민중을 지배할 수
있는 것은
그들이 공장이며 기계며 토지며 은행이며 일체의 생산
수단을 독차지하고 있기 때문이기도 하지만
그들이 신문사며 방송국이며 학교며 교회며 일체의 대중
매체와 문화기관을 장악하고 있기 때문이기도 하지만
무엇보다도 그들이 경찰과 군대와 재판소와 감옥 등 국

가의 폭력기관을 독점하고 있기 때문입니다
지배계급의 착취와 억압에 저항하는 사람은
체포되고 투옥되어 고문실에서 또는 감옥에서
물고문 전기고문으로 박종철군처럼 죽거나
권양처럼 성고문으로 치욕과 수모를 당하거나
나처럼 감옥에서 평생을 살아야 한다고
공포감을 이용하기 때문입니다.

맑은창 詩選을 기획하면서

　우리의 삶의 현실은 역사적 현실이다.
　지난 시대는 오늘에 뒷받침이 되지만 오늘의 현실은
전혀 새로운 모습으로 우리들 앞에 놓여 있다. 이 현실은
가차없이 우리에게 도전하고 있으며 우리는 싫더라도 이
도전에 대응해야 한다.
　도전과 곤혹과 혼미, 이 안에서 오늘의 우리의 詩는
어떤 대응을 해야 하는가.
　오늘날의 詩는 그 감동이 삶의 깊은 뿌리로부터 나온
다고 생각한다. 아울러 이를 뒷받침할 수 있는 방법론도
크게 요구되고 있다. 결국 詩가 이 시대를 함께 앓는다는
데서 진정한 의의를 찾을 수 있다고 하겠다.
　우리가 앓고 있는 문제를 함께 고민하고자 하는 상상
력으로 詩가 얼굴을 내밀 때 그것이 시대에 던지는 일갈
은 공허하게 들리지 않을 것이다.
　'詩의 언어는 肉化된 사고로서 영혼을 지닌 존재'가
된다고 한 칼 라너(Karl Rahner)의 말을 되새겨 본다.

맑은창 시선
당신을 버릴 때

2003년 7월 5일 초판 발행
2003년 8월 28일 1판 2쇄 인쇄
2003년 9월 3일 1판 2쇄 발행

글쓴이 : 김지하 · 신경림 · 박노해 외
펴낸이 : 조 명 숙
펴낸곳 : **맑은창**

등록일자 : 2000년 1월 17일
등록번호 : 제 16-2083호

서울특별시 강남구 역삼동 810-16
전화 : (02) 555-9512
팩스 : (02) 553-9512

값 5,000원

※ 잘못된 책은 바꾸어 드립니다.
ISBN 89-86607-26-3